HAIIRO NO TSUKI

灰色的月亮

〔日〕志贺直哉 著

刘立善 译

CNS PUBLISHING & MEDIA 中南出版传媒
湖南文艺出版社·长沙

图书在版编目（CIP）数据

灰色的月亮 / (日) 志贺直哉著；刘立善译. -- 长沙：湖南文艺出版社, 2024.5（2024.12重印）
ISBN 978-7-5726-0656-4

Ⅰ. ①灰… Ⅱ. ①志… ②刘… Ⅲ. ①中篇小说—小说集—日本—现代②短篇小说—小说集—日本—现代 Ⅳ. ①I313.45

中国版本图书馆CIP数据核字(2022)第069532号

灰色的月亮

HUISE DE YUELIANG

著　　者：〔日〕志贺直哉　　译　　者：刘立善
出 版 人：陈新文　　责任编辑：夏必玄
封面设计：少　少　封面插画：林光希　内文排版：玉书美书
出版发行：湖南文艺出版社
（长沙市雨花区东二环一段508号　邮编：410014）
印刷：湖南天闻新华印务有限公司
开本：880 mm×1230 mm　1/32　印张：7.5　字数：106千字
版次：2024年5月第1版　印次：2024年12月第2次印刷
书号：ISBN 978-7-5726-0656-4　定价：39.00元

目　　录

雨 蛙[①]

谨献给长与善郎[②]兄

从A市北行十二公里，有一个名叫H的小镇。这是一个沿街延伸的细长小镇，镇上树篱很多，商店较少。居民大多是当地土生土长的人家，分支颇多，世代繁衍，一共百余户人家，大体上只有五六个姓。当地人谈起左邻右舍，习惯地称“大街拐角的某家”“树丛前的某家”或“开棒术[③]馆的某家”。

---

① 雨蛙体长三四厘米，体表呈绿色，腹白，爪端有吸盘。主要在低地、山区的草丛里或树上活动，繁殖期则集中于水田里。雄蛙有鸣囊，常在湿度高时鸣叫，似在预报降雨，故名雨蛙。

② 长与善郎（1888—1961），白桦派作家，因发表剧本《项羽和刘邦》等被誉为人道主义作家。《白桦》停刊后，他与志贺直哉、武者小路实笃创办了杂志《不二》。1956年10月，长与善郎应中国政府邀请访华。

③ 日本传统阶级制度形成后，只有武士能够带刀剑，一般农民及町人则以练习非刀剑的护身术为主，棒术就是其中常见的一种民间武术。

尽管几十年前树丛已被砍掉，或者自上一代开始就不再经营棒术馆，但现在仍用旧称，从而与其他同姓区别开来。

镇上自古就有一个公会，大家靠这个组织互相帮助。是谁创立了公会？如今许多人皆不知晓。纵贯镇内的路比县道还壮观，而左右的小路到了冬季冰融雪化后或者进入雨季时泥泞难行。为了便利行走，只好铺上一条石板路。

例如某家被烧毁了，重建时要恢复原貌，所需费用不到通常情况的一半。因为所需木材可以从共有的山林中砍伐，劳动力也是各家派人来帮忙，不收分文。

然而，在这个小镇上，有时也会出现对现有的生活状态感到不满的人。这些人去了城市工作，一败涂地后，又返回小镇。虽然如此，镇上的人们依旧不遗余力地帮助这些人，保证其家不致毁灭。若得到公会的同意，甚至还可以获得低息资金。H就是这样一个小镇。

镇中心有一处外墙涂抹泥灰的酒坊，名为“美浓屋”。年轻的老板赞次郎是独生子，中学时代遵从父亲的主意，考入农科大学，计划毕业后继承家业。五六年前，父亲作古，赞次郎立刻成为年轻的老板。从祖父那一代开始，有个名叫“冈藏”的人就一直担任美浓屋的掌柜，因而家业并无变故。但祖母说，家中不可一日无主，遂将赞次郎从市里的宿舍叫回，自此一直住在家中。然而赞次郎对此并无不满。原因之一，虽然他已经是农学学士，却不认为自己能够造出更好的美酒供当地人品赏。原因之二，回到家中，就没人嘲笑他“如今成为学士，牛哄哄的”。这令他感到心安。赞次郎抱着这样的想法。

赞次郎有一个亲密的朋友，名叫竹野茂雄。竹野茂雄中学毕业后，考入东京私立大学的文科，嗜赋汉诗、作和歌，自号“青叶”，常向文学杂志投稿。竹野茂雄在文坛上消息灵通，常给赞次郎讲一些文坛趣事。

但赞次郎不想赋汉诗、作和歌，他认为自己没有这方面的天赋，对此兴味索然。赞次郎也不太嗜好读书。所以，竹野茂雄讲的文坛趣事，他并没仔细听。然而，赞次郎回到小镇后，每当感到生活单调乏味时，从竹野茂雄那里受到的潜移默化的影响就浮现在他的身上。他每次去市里，必买些文学读物回来。

竹野茂雄与爱好文学且时常投稿的女子相识，最初源于通信，不久便开始谈论婚姻大事。女子是东京某水果店的姑娘，虽非花容月貌，但很年轻，是个有主见的女子。

竹野茂雄在家里排行老三，他天真地认为自己在婚姻上极其自由。但意想不到的是，年长许多的长兄反对这桩婚事。长兄很讨厌爱好文学的女子。双亲退休后，长兄成为家长，一切由他做主。长兄不同意，就等于全家不同意。竹野茂雄怒从中来，与家里绝交，在A市与女子开了一家水果店，自食其力。

几乎同时，美浓屋的赞次郎也成家了。妻子是远亲的农家姑娘。赞次郎很早就喜欢这个姑娘，由祖母提亲，他立刻就同意了。

姑娘名叫阿关，寡言少语，性格不算爽快，没有学问，是个很漂亮的村姑。阿关因自己个子不太高而苦恼，其实她四肢发育均衡，一点也不显丑。

她的短发稠密，发色略微泛红，皮肤光润，鼻形周正，整体看来肌肉丰满，富于弹力，一看就是一个很健康的女子，给任何人都能带来愉快的观感。如果说阿关有一个本人不知道的缺点，那就是她那偏茶色的眼睛里没有光彩。

不久，阿关身怀六甲。怀孕第五个月，恰巧时值秋末，感冒流行，阿关染上了感冒。孕妇感冒了，大家都很担心。后来胎儿流产了，阿关的感冒也随之痊愈了。最担心阿关身体的婆婆最后却患上感冒，后又发展成肺炎，溘然去世了。

——自那时到如今，三年光阴转瞬过去了。阿关一直没有再怀孕。于是性急的祖母嘴里常念叨此事，令赞次郎愁容满面。而阿关本人却不当回事。

忠实的老掌柜冈藏中风回老家后，赞次郎到了必须独挑大梁的时候了。但实际上，性格刚强的祖母依靠多年经验，掌管着家事、经营等一切事务。

赞次郎的文学兴趣逐渐浓了起来。他在客厅里放了一个大书箱，里面放了许多新刊文学书籍，并以此为乐。而且他最近也常写些短文，给竹野茂雄看。

赞次郎也想培养阿关的文学兴趣，他觉得阿关一个人有些寂寞。但要阿关培养出文学情趣，简直是不可能的。不过，赞次郎想起自己以前对文学也毫无兴趣，因此他理解阿关的心理，对培养阿关的文学兴趣一事，既不失望，也未死心。

某日，竹野茂雄寄来明信片，通知赞次郎近日市公会堂将举办剧作家 S 与小说家 G 的演讲，希望赞次郎届时务必去听一下。赞次郎想领着阿关一起去。他在回信中提到，因为领着妻子，可能要在外面住一宿。

不久就到了这一天。十月里天气晴朗，刮着温暖的风。演讲自下午三点开始，赞次郎夫妻决定早早吃完午饭就出发。收拾行装时，在旁边帮忙的祖母突然倒在了身边，可能是气候导致身体不适，虽无大碍，却也不能将病人托付给仆人就出门。赞次郎对阿关说："怎么办？竹野君在等着咱们，你一个人去，行不？你去了的话，我也能听你回来讲讲演讲的情况。你一个人去可以不？"

"好的。"

"有我在，病人你就不用担心了。你不必惦念，安心去吧。”

“好的。”阿关眼神麻木地看着赞次郎回答道。

之后，阿关坐上正在等待的人力车出发了。赞次郎站在店前，目送阿关离去。阿关梳着如今乡村不常见的“厢发”①，随着人力车摇晃着，在树篱连绵的大街上前行，一次也没回头，渐渐远去了。

祖母有点发烧，脸色比平时发红。赞次郎坐在迷迷糊糊的祖母枕边读书，不时拧好热毛巾，换下祖母额头的凉毛巾。

酒库前，工人们在给大酒桶扎上铁箍。木槌击箍的干爽声响夹杂在风中传了过来。赞次郎一闲下来，便望着那个方向。

此刻阿关在干什么呢？赞次郎不时想象着。他想象着妻子埋没在挨肩擦背的听众里的形象，事到如今，他突然觉得阿关与这种场所不太协调。

当天晚上，赞次郎与祖母枕头挨枕头，很早就躺下了。时隔多年之后，他又与祖母睡在一个房间里。

---

① 明治中后期至大正时代，在年轻女性之间流行的发型。将耳朵以上部分的头发在头部后上方梳成马尾，前发和两鬓均梳成帽檐形状。

入夜，风静了下来，房檐下响起缓慢滴答的雨声。这是一个异常闷热的夜晚，睡得很不舒服。病人有点退烧了，进入酣眠。雨下得越来越大了。

翌晨他起来时，晴空万里，风向转北，有点秋天的样子了，冷飕飕的，是个令人心情爽快的清晨。祖母比赞次郎起得早，她将半白的头发扎得利利索索，已经在厨房做饭了。

“我想去A市买东西，顺便去迎阿关。奶奶的病已经彻底好了吗？”

“哎，好了。”

赞次郎吃完早饭，立刻骑上自行车，奔向A市。今天突然比昨日冷得多，赞次郎将阿关的披肩包在包袱里，挂在车把上。

真是一个令人愉悦的清晨。路上的沙砾被雨水冲洗得干干净净，树叶和草叶上，水珠闪闪发光。藠头地里的紫花与湿润的黑土地都显得美不可言。遥远的苍穹上，大雁排成淡淡的一行飞翔着。赞次郎悠然自得地蹬着自行车。

赞次郎抵达水果店前，下自行车时，竹野茂雄正站在水沟盖上，打开从远方运来的苹果箱。他一直在埋头干活，脸色通红，抬起头来后，面带困惑地告诉赞次郎，阿关昨夜住在迎云馆，此刻不在这里。赞次郎目瞪口呆。阿关与迎云馆，二者的反差令赞次郎觉得十分滑稽。因为迎云馆是市内的一流旅馆，赞次郎觉得那不是自己这样的人应该住的客舍。看竹野茂雄的神情，好像发生了什么事，赞次郎心中感到了不安。

竹野茂雄脱下身上的厚质工作服，走在前头，登上昏暗的楼梯，将赞次郎领到天棚低矮的水果店二楼。在这里，竹野茂雄对赞次郎详细讲述了事情的始末。

昨天演讲会落幕时已至日暮。之后，A市报社在旧藩主的别邸餐馆“清清园”举办欢迎会，竹野茂雄出席了欢迎会。而女士们白天在演讲会的后台，被当地女子师范学校的音乐教师山崎芳江介绍给了演讲者们。他们当时约定，阿关、竹野茂雄的妻子与山崎芳江在迎云馆等待S与G回来。

倾盆大雨中，S与G被汽车送到了迎云馆，当时已经夜里十点多了。二人醉得不轻，尽管如此，在女性面前表现得还是比较谨慎。

S肤色白净，眼神温柔，绵软的头发斜遮着宽广的前额。他谈吐谦恭和蔼，有的动作令人觉得甚至像个女人。G与他截然相反，他的眼睛、嘴巴、脖子都被强硬的线条勾勒出来。G的双肩很宽，形象颇威严，令人感觉洋溢着强烈的阳刚之气。竹野茂雄的妻子无端地觉得，G给人的这种阳刚之感有些可怕。

甜酒与水果被端到了桌子上——但谁也没太伸手碰过。唯有山崎芳江用手摞着水果，一个人兴致勃勃地说着话。

山崎芳江与男人的关系经常成为人们的谈资。熟悉山崎芳江的人都知道她与S的关系。山崎芳江在A市的口碑虽然不太好，但在年轻人眼中，她肉体丰满，话语悦耳，性嗜奢华，如今是本市不可缺少的一位女性。

大家轻松自由地交谈着。S与G的谈吐比演讲时更有意思。特别是G，他信口开河，最后连在女人面前应该有所顾忌的事，他都巧妙地略去露骨之处，讲了出来。

阿关完全被这种场面震慑住了，脸上浮现出茫然的笑容，寂寞的眼神逡巡着人们的脸。竹野茂雄的妻子觉得阿关这样挺可怜的。雨还没有要停的样子，竹野茂雄的妻子准备回去，有些醉意的山崎芳江却频频劝阻。竹野茂雄的妻子认为山崎芳江一个人留下来就可以了，便轻描淡写地搪塞过去，而山崎芳江出于本能似的，逐渐执拗地坚持劝阻起来。两个女人还是坚持要走。最后山崎芳江真的生气了，破罐破摔似的说道："那我也与你们一起回去。"她哭丧着脸，调情般地看着两个男人，又以明显在撒娇的语调说道："哎，G君，我也要回去了。"

"是吗？"G无所谓地回答，"不过，S君找你还有什么事吧？"

"别瞎开玩笑！"S会心一笑。

"那么，是芳江女士找你有事吧？"

山崎芳江突然粗鲁地站起来，走到G身边照他的后背狠狠地捶了两下。G故意露出满不在乎的神色。

竹野茂雄的妻子坐立不安，实在忍耐不下去了。她领着惊诧不已的阿关打算离开。这时，山崎芳江走了过来，眼神令人骇然。

“看来我是留不住你了。但是，我想把阿关留下来。阿关夜宿何处都一样。对吧？外面下着这么大的雨，你不想冒雨回去吧？”

“如果方便的话，阿关，能住在迎云馆吗？”S随之问道。

“好。”阿关微笑着，微微颔首。

“阿关能住在这里吗？”

“我住哪都行。”

竹野茂雄的妻子大吃一惊，她正不知说什么好，就被山崎芳江猛地推到了走廊里。S站起来送她。接着，山崎芳江以胜利者的口气说道：“尽管身为女人，但过于死板，也是不可爱的呀。”

赞次郎并未悟出竹野茂雄的话里的严重程度，他既觉得没什么，同时又觉得这在当时是很棘手的，他拿不准自己到底倾向于哪一种想法。不过，赞次郎觉得从竹野茂雄的态度来看，这件事非同一般。

楼下停着人力车。竹野茂雄急忙下楼了。不久，楼下传来竹野茂雄怒斥妻子的声音。一脸苦涩的竹野茂雄回来了，对赞次郎说道："我老婆梳了一个很扎眼的奇怪发型。"

"什么发型？"

"我让她重新去梳了。"

"何必动怒呢？我也想看看令夫人的发型。我老婆阿关的发型太老式了，我觉得应该梳得稍时髦一些才行。"赞次郎轻松地站起来。楼下，阿关与竹野的妻子呆呆地相视而立。

"发型怎么样？让我看看。"赞次郎把阿关领到店里光线明亮处观瞧。阿关这次是"耳隐"发型[①]，两只耳朵为青丝所掩盖，脸颊涂得微红。令人意想不到的是，如此时髦的发型竟与阿关很是协调。

"挺好的，挺好的。"赞次郎用指尖捏着羞涩地低下头的阿关的尖细下巴，让阿关的脸朝向大家。赞次郎一点也不讨厌阿关的发型。阿关避开赞次郎的指尖，又低下头去。

"你看上去有点累了。马上回家吧？"

---

① 这种发型于大正十年（1921）前后开始流行。

阿关点了点头。

“演讲会你都听明白了吗？”

阿关摇了摇头。

“是吗？那可不好啊。听说山崎女士唱歌了，很好听吧？”

阿关又点了点头。

“昨天晚上在迎云馆，你和山崎女士住在一个房间吗？”

阿关摇了摇头。

“你一个人住单间吗？”

这时，阿关看着旁侧，脸上浮出莫名其妙的微笑。赞次郎感到吃惊，情不自禁地凝视着阿关的脸。阿关眼皮下的眼睛无力地呆呆地望着远处的大街。赞次郎不想再追问了。因为那是不可深究的事，赞次郎觉得追问下去会出现很可怕的结果。无论问什么，阿关都如实回答，这尤其令赞次郎感到很可怕。

赞次郎心乱如麻。

他决定马上回家。他又登楼梯奔向二楼，二楼的竹野茂雄夫妻在嘁嘁喳喳说着什么。听见赞次郎的脚步声，竹野茂雄的妻子急忙站起来，在楼梯口等赞次郎上来后，她就下去了。赞次郎努力保持着平静的心情。

人力车到来之前，赞次郎与竹野茂雄相向而坐，一言不发。赞次郎姿势别扭地伸出双手，烤着没生火的宣德黄铜火盆，与自己内心的空虚感展开激烈格斗。透过外凸窗户上的木格子，可以望见对过拍卖店的二楼。红底上带有白色的一面大旗，在秋季柔和阳光的照射下，缓缓地大幅度飘动着。

“想起来了，我把阿关的披肩带来了。”赞次郎精神恍惚中想起了这件事。

“人力车来啦！”楼下竹野茂雄的妻子喊道。竹野茂雄从二楼下去了。赞次郎似乎想确认一下有没有漏掉什么东西，若无其事地环顾着整个房间，然后小心翼翼地从陡峭的楼梯上走了下来。

阿关站在水果店里摆着的葡萄、苹果与香蕉的货架之间。竹野茂雄抄着手，神色不悦地站在门框旁。赞次郎哈腰穿鞋。竹野茂雄的妻子从箱内锯末中掏出几个苹果，装进粗眼果筐中，递给了车夫。

“今后还请常来。”

“谢谢！”赞次郎一边撩起和服的衣襟，一边有气无力地回答。

早晨还不太冷，但此刻迎着风还是挺凉的。阿关默默无语。赞次郎和她说话，她也把脸埋在披肩里，不做回答。赞次郎推测，阿关大概此刻怀着一颗破碎了的寂寥的心，无论说什么，似乎都会碰触这颗心，因而阿关感到害怕，也是因此，阿关一直不悦地保持沉默。刚才赞次郎还觉得，阿关那“耳隐”发型与脸颊涂得微红的时髦打扮挺美的。此刻在这阳光下的乡间道路上，赞次郎又觉得这种形象显得很丑。

赞次郎也不想说话了。上了年纪的人力车夫却不让赞次郎保持沉默，话题无穷无尽，例如邮政简易保险是怎么一回事啦，因A市郊外建起了工厂，旱田的地价高于水田啦，赞次郎所在小镇某家的儿子从新潟医专毕业后，不知是就职A市医院，还是回老家开医院……听车夫说东道西，赞次郎感到腻烦，他一边顾虑着疲劳的阿关，一边问她：“怎么样，要不咱俩从这里步行回家吧？”

县道通往小镇的岔道起点处，挺立着一棵高大的米槠树，昨夜遭雨打，枯叶落了满地。阿关在米槠树旁下了人力车，拿下水果筐，挂在自行车的车把上。赞次郎推着自行车，夫妻并肩而行。熟透了的水稻浓香扑鼻。脚旁蚂蚱乱蹦，多得烦人。一只不知逃往何处的蚂蚱落在阿关的肩头，暂且成为二人的旅伴。

阿关一声不吭，甚至好像并未意识到赞次郎的存在，她呆呆地凝望着远方的一点，走着路。看着阿关的样子，赞次郎突然觉得阿关好像在某处发现了幻影，一直凝望着，陶醉得忘记了一切。阿关的心被碰碎了，一种寂寞感与不悦令阿关仿若凝神欣赏着此前某种梦境，那定是一场异常甜美的梦。赞次郎揣摩，此刻阿关正陶醉于那种美梦中的失神状态。赞次郎怪异地感受到了阿关的心情。他不由得觉得自己脸颊的血液在涌动，听见了心脏的怦怦跳动声。充满阳刚气的G与眼前这个肉体丰满、形象漂亮的阿关，二人的关系事实上化作一股不可思议的力，刺激着赞次郎的肉欲。对赞次郎而言，这种想象已经不是别人的“恋爱事件”了。

“那个，”赞次郎激动得呼吸急促，却硬是以从容柔和的声音问道，“昨夜你不是独眠，有谁睡在你身边吗？”

“一开始，是山崎芳江女士睡在我身旁。”

“然后呢？”

“不知何时，山崎芳江女士不见了，G 先生进来了。”

“然后呢？”

“G 先生说：‘我被 S 先生和山崎芳江女士赶出来了，才到你这里来的。’”

“然后呢？”

“……”阿关突然低下了头。

这时，赞次郎突然涌上了立即要将阿关紧紧搂住的激情，他觉得阿关无与伦比地可爱。赞次郎险些完全被这种发作性的激情驱动着，但他好像听见“咯噔”一声，又恢复了理智。他惊讶地从不可思议的激情中清醒过来。

“我这是怎么了？”

赞次郎思索着，随即便默不作声了，他等待着自己的心情平静下来。然而，赞次郎的心中充满了淡淡的对阿关的喜爱。

不一会儿，二人来到一侧是水田，另一侧是森林的地方。赞次郎将自行车靠在电线杆上，去路边草丛小解。小解的时间偏长，这时，他不经意间向上一望，看见电线杆中部有一个泛绿的东西。他嘀咕着："那是什么呢？"随即就发现那是雨蛙，是上下摞在一起的两只雨蛙。赞次郎纳闷，分明在森林旁边，雨蛙为何偏偏趴在电线杆上呢？当电线杆还是长在山上的一棵树时，树上生出一根小枝，后来朽烂了，枝条根部形成了一个肚脐大的凹陷，两只雨蛙上下摞着，蹲在凹陷处，那个样子令赞次郎感到非常恋慕，不由得心生亲切感，仰望着雨蛙。电线杆上部生锈的铁制横杆上挂满了蜘蛛网，灯泡俯视着地面。雨蛙为了捕食聚集在灯泡周围的虫子，非常谨慎地在那里建了一个家，他想：这一对雨蛙，肯定是夫妇吧。他将雨蛙指给阿关看，但她兴味索然。

不久之后，夫妻回到了自己住的小镇。这是一个与昨天一样安宁的、民风古朴的小镇。赞次郎仅仅离开了几个钟头，但他觉得好像是久别之后返回了故乡。

当天晚上，赞次郎从自己的书箱里抽出了四五本小说集与两本戏曲集，神不知鬼不觉地将其带到后山的洼地里，俨如做坏事似的，把这些书化为灰烬后，才终于长舒了一口气。

《中央公论》大正十三年（1924）一月号

护城河畔的住宅

我曾经在山阴地方的松江市[①]度过了一个夏季。街边一处小小住宅濒临护城河。我一个人栖身此宅，颇感称心。庭院的石头台阶一直铺到护城河边。河对岸是松江城背面的森林，大树主干倾斜，枝叶低垂在水面上。河水较浅，生长着茂盛的菰草。从其苍古的状态看，与其说是护城河，不如说是一泓古老的水塘。䴙䴘在菰草间鸣叫着游来游去。

我在这里尽量过着俭朴的生活。从因人际交往疲惫不堪的都市生活中逃离到松江市，我感到心安神宁。我每天先接触昆虫、鸟、鱼、水、草、天空，

① 松江是日本海畔岛根县的县政府所在地，明治二十二年（1889）建市。

最后才与人打交道。这就是我在松江的生活实况。

夜晚归宅时，可以看见门口的电灯旁一动不动地趴着几只壁虎。在这条街上，只有我的住宅安装着门灯。因此，周围的壁虎会集而来。我缩着脖子，急匆匆地钻过门灯之下。这滋味很不舒服。此外，如果忘记关灯，各种昆虫都会聚集到我的客厅里。飞蛾、甲虫在电灯旁涌起了漩涡。好几只青蛙觊觎着飞蛾与虫子，蹲在榻榻米上。这些青蛙一听见我的脚步声，惊吓得连忙逃往护城河。趴在木柱上的青蛙尽量蜷曲着身体，骨碌碌地转着金色眼睛，盯着我这个闯入者。实际上，我成了惊动虫子家庭的不速之客了。

我将虫子统统驱赶出去后，夺回了属于我的客厅，然后开始写作。黎明时分，精疲力竭了，我就钻入被窝。拂晓时分，静静的护城河里，鲤鱼和鲫鱼肆无忌惮地骚闹着。当时正值产卵期，鱼在河里活蹦乱跳。我一边听着河水的响声，一边进入梦乡。

上午十点，我已经热得睡不着了。我一爬起来，就发现庭院相连的邻家老太婆给我带来了火种。陶炉总是置于庭前的李树下面。老太婆自顾自地从厨房拿来几块木炭，用带来的火种生了火，给陶炉坐上水壶后，就回去了。我叠好被褥，在井边洗漱，擦洗身体，然后准备吃饭，吃的是面包加黄油——黄油是本地畜牧场生产的高级产品。此外我还喝红茶、吃生黄瓜，有时还吃酸水萝卜。

此前我在尾道独自生活过，当时是我首次远离自家，为了摆脱寂寞，尽量住得舒服些，我特意带去了齐全的日常生活用具。然而实际上一点也没派上用场。根据那次经验，这一次我尽量过着简单的生活。

食器方面，除了喝红茶吃面包需要的东西之外，什么也没带。如果来了客人，就用搪瓷脸盆炖牛肉火锅，我并不觉得不干净。反倒是此后再用它当洗脸盆时，觉得不干净了。我用一个小水桶洗衣服，洗食器。用洗脸盆炖马铃薯时，就拿厨房里的木板当锅盖。

我睡觉的时候，嗜好垂钓的房东经常在钓鲫鱼或鲤鱼。有一次，他像拴狗似的，用细绳穿过一条七八寸长的鲫鱼的鳃，放在河边水里，送给我。我将鱼剁得细碎，喂了邻居家的鸡。

邻居家是一对年轻夫妇，男的是木匠，但木匠活儿不多，作为副业，夫妇俩热心于养鸡。彼此庭院之间并无边界，鸡总来到我的院子里。我认真地观察鸡的生活，发现很是有趣。母鸡酷似母亲的样子，雏鸡俨然是天真无邪的孩子。雄鸡则宛似家长，神态富有威严。它们各有各的适当角色，和谐地聚在一起，构成了一个生活圈，看着就令我觉得高兴。

松江城森林里飞出的老鹰低空盘旋时，母鸡与雏鸡都惊慌地藏入树荫内或草丛里。雄鸡独自傲然对抗老鹰，亢奋地昂首阔步，走来走去。

雏鸡们模仿母鸡，用小爪挠地，然后再后退一步，叼起食饵。母鸡在沙子上展翅扑腾，弄得沙土满身，雏鸡们也都模仿着扑腾，也弄得沙土满身，这一切真是太有意思了。尤其是刚过百日的小鸡，小鸡冠颜色醒目，黄爪颜色鲜明，胆小，性急又慌张，行动敏捷，十分活泼，观之更觉得趣味盎然。这些小鸡与朝气蓬勃的小姑娘别无二致，令我觉得与其说是美丽，莫如说是明艳。

我盘腿坐在套廊里吃饭时，一只名叫“熊坂长范”[1]的面目可憎的黑雄鸡，必定率领五六只母鸡，在我的面前徘徊。熊坂长范抻着长脖子，心怀期望，用一侧眼睛看着我。我将面包片扔过去，熊坂长范略显慌张，又频唤母鸡来吃面包，瞅着空儿自己也吃上一口，端出一副泰然自若的架势。

一个狂风暴雨的日子，我关上了防雨套窗，在昏暗的屋子里待得百无聊赖。室内闷热，我情绪很糟。午后，我下定决心，穿上雨靴，身披橡胶雨衣，漫无目的地走出家门，进入风雨中。回来时，我不想原路返回，便沿着火车道粗莽行走，任凭风吹雨打，一直走到了下一站——汤町。雨水似乎浸至骨头了，雨衣的缝隙间冒出了热气。就这样，我积压的郁闷情绪随着血液的循环变得彻底通畅了。

沿途蓄水池内的睡莲非常美丽。被森林环绕着的潮润的暗灰色水面上，烟雨蒙蒙。水面朦朦胧胧地漂浮着稀稀落落的白花。在雨下得没完没了的日子里欣赏睡莲，其美更加莫可名状。

从汤町再前行七八百米，有一条峡谷，峡谷里

---

① 日本平安时代末期的大盗贼，生卒年不详，一说生于信州熊坂山，一说生于加贺国的熊坂。

有一泓名曰“玉造”的温泉。当时恰巧归途的火车进站了，我没能去泡温泉，便直接返回了。

在松江市殿町的胡同里，有一家母子二人开的家庭旅馆，我常在这家旅馆吃晚饭。归途中，我顺路进了这家旅馆。

黄昏时分，雨下得小了。

之后，我从旅馆里借来了浴衣、雨伞和高齿木屐，离开旅馆的时候，户外只在刮风，雨已经停了。白天潮湿闷热，夜里突然变得凉爽宜人，令我感到身心舒畅。物产陈列馆是一所涂着白漆的旧式洋馆，洋馆上方升起了青白朦胧的半月。不时有零零碎碎的薄云被风吹得朝一个方向匆忙飘去。

疲惫而又舒坦，加之茶足饭饱，我感受到了少有的从容舒畅。怀着如此好心情，回家后如果立即开始搞创作直到黎明，实在太可惜了。我想读一本轻松读物，舒舒服服地入睡。

我回到家中，铺好床就躺了下来。由于没有正合意的读物，我便翻阅着尚未读完的翻译小说，估计马上就会泛上困意，可是我每夜都有个老毛病，困得想睡时，眼睛反而又变得清亮，睡不着了。

我读了一会儿小说，这时突然听见邻居家的鸡窝里发出鸡的尖叫声以及什么东西的闹腾声，又听见木匠夫妇叫喊着从屋里跑出来的声音。我从枕头上抬起脑袋，侧耳静听，猜想一定是来了黄鼠狼或野猫。吵闹声立刻就停息了，只听见母鸡咕咕的叫声。木匠夫妇站在那里说着什么，片刻过后，又回屋内了，户外恢复了寂静。我揣测，鸡大概平安无事吧？很快，我就睡着了。

翌日风停，晴空万里。一如既往，我一打开套窗，邻居家的老太婆就马上送来火种。老太婆看着我的脸说道："昨天夜里，到底有一只鸡被野猫咬死了。"

"……"

"是母鸡呀。本来母鸡自己是可以逃命的，但它为了保护雏鸡，才被咬死了。"

"好可怜啊……"

"那只母鸡是那些小鸡的妈妈。"

"野猫怎么样了？"

"逃了。"

"太遗憾了。"

“但是，今天夜里，肯定能抓住野猫。”

“能那么容易吗？”

“肯定能。”

雏鸡们蹲在护城河畔的大吴风草的繁叶中，头挨着头，忐忑不安地唧唧叫个不停。当我靠近时，雏鸡们都望着我，其中一只站起来后，其他雏鸡也都站了起来，极力向前伸着脖子逃跑了。

“母鸡没了，小鸡还能长大吗？”

“这可不好说呢。”

“别的母鸡能照管这些雏鸡吗？”

“不能。”

确实，对这些丧母的雏鸡，其他母鸡是绝不可能亲切照管的。丧母的雏鸡们想混进比自己早孵出的雏鸡群里，钻入那些雏鸡的母亲的翅膀下。但它们每次往里钻时，那只母鸡都敏感地啄着它们的脑袋或屁股，将它们驱赶出去。丧母的雏鸡无依无靠，聚成一团，惴惴不安地环顾着周围。

被咬死的母鸡成了木匠夫妇当天的菜。剁下来的通红的脑袋被扔在院子里，眼睛半睁着，嘴微微张开，看似含恨的样子。雏鸡们胆战心惊地围在母鸡脑袋旁边，好像不知道这是自己母亲的头。一只雏鸡去啄脖颈裂口处石榴般的鸡肉。脑袋每被啄一次，就在沙地上转动着变了个方向。我想，今天晚上野猫能乖乖落入陷阱就好了。

这天深更半夜，果然如人所愿，野猫落入了陷阱。木匠夫妇爬起来，一边兴奋地喋喋不休，一边将用作陷阱的木箱用草绳由上而下结结实实地捆起来。

“这样捆上后，放在这里就行了。明天就这样原封不动地将木箱沉入护城河底去。”我听见木匠这样说道。

木匠夫妇回屋了。之后，我开始写作，野猫在木箱内闹腾着，尖叫着，吸引着我的注意力。我一想到野猫的生命仅剩一夜了，既觉得野猫十分可怜，又感到自己无能为力。

刚觉得野猫消停下来了，它又突然焦躁起来，闹腾着发出“咔——咔——”的怪叫声。但我觉得这毕竟是徒劳的。这一次，野猫又开始发出“喵——喵——”的哀鸣，执拗地鸣叫不止。我的心被野猫的哀鸣牵扯着，心想如果可以，我很想救它一命。

野猫继续哀鸣着。意识到哀鸣无效后，它转而发出绝望而野蛮的嚎叫，猛烈挣扎着。两种手段不断交替。最后野猫好像死心了，平静下来。

我一想到此刻还活着的野猫，黎明后将变成死物，心里很不舒服。在这寂静深夜里，清醒的只有我与野猫。想到野猫的生命明日就会被断送掉，我就甚感寂寥。猫捕食鸡，本是没法子的事。尤其是流浪猫，偷袭鸡也是理所当然的。正因如此，养鸡者才配备养鸡的设施。偶因大雨，忘关鸡笼，导致野猫偷袭，此事严格说来，不是猫作恶，真正的错在于主人忘记关严鸡笼，最好应该开恩，放过野猫这一遭。我觉得自己此刻的心情，与白天看见雏鸡们时的心情，大不相同了。

然而事实上，面对野猫，我是无计可施的。我不晓得这种情况下该怎么办为好。雏鸡也可怜，母鸡也可怜，制造如此不幸事件的野猫被逮住之后，看着也非常可怜。但站在邻居家夫妇的立场看，不让这只野猫活下去，也是天经地义的事。我觉得自己对野猫怀有的心情实际上毫无作用。除了默默袖手旁观，别无他法。我不认为我这样的态度是出自我的冷酷。如果说是冷酷，那么，我认为此乃神的冷酷所致。人不是神——有着自由意志的人，像神那样冷酷地旁观野猫的悲剧命运，从这一点上说，要谴责人也是可以的。然而，我觉得这也是一种不可违抗的命运，因此，我并不想插手了。

翌日，当我醒来时，野猫已经被处死，尸骸也被埋了。用作陷阱的那个木箱放在向阳处，已经差不多被晒干了。

《不二》大正十四年（1925）一月号

寒冬的大街

这是一个刮着干冷寒风的日暮。我与小说家中津荣之助走在山手的某一片街市里。

“将发表在一月号杂志上的作品已经写完了吗？”最近一段时间，中津荣之助一边总是口头禅般过度吹嘘自己忙得焦头烂额，一边却每天都去某处悠闲散步。于是我这样问道。

“还没脱稿。”中津荣之助回答。

“交稿截止日是哪一天？”

“就是明天。”

“明天就是截止日了，今天我还什么也没写出来呢。”中津荣之助又说道。

“你有素材吗？”我问道。

“嗯，素材倒是有，但无论用哪个素材，都好像不能马上写成像样的作品，导致我每天磨磨蹭蹭的，总觉得缺乏自信，所以到现在还没写出来。”中津荣之助说道。

“我觉得你是太懒惰了。”我这样评价他。

人们一般认为，心神过度专注于创作，反倒写不出作品——中津荣之助多少有点如此倾向，但如果让我评价，我觉得他从儿童时代起就是一个懒惰者。

“作品尚未完成，有懒惰的原因，但我一来勤奋劲儿坐在桌子旁写东西，胃就不舒服，身体发烧，总是出毛病，简直令我感到不可思议。”中津荣之助说道。

“如果做平时没做熟练的事，自然就会立即影响到身体……”我说道。

“言之有理。”中津荣之助说道。

于是，二人都笑了。

寒风不时卷起大街上的沙尘，宛如大炮轰出的烟一般向行人扑来。幸亏我俩顺着风走，风一刮来，那些逆着风走的人便必须背着风站立不动，或拿帽子遮住脸，躲过风头。我俩上街并没有什么要紧事，却不知不觉地加快了脚步。

大街上很热闹。我无意间发现一台人力车拉着一个体态丰满的女人从对面走来。女人看上去四十多岁，皮肤白净，眼睛鼻子棱线分明，身体十分肥胖，给人感觉是一个很富态的女人。头发自然地在脑后扎了一个垂髻，她一侧夹着一个大包袱，另一侧搂着一个三岁左右的女孩。定员一人的人力车上，人与物都膨胀出来了，样子显得很可笑。

“哎哟，她是阿薰。”中津荣之助小声这么一说，便把脸转过去了，接着又好似转换了想法，头低了下去。

人力车距我俩越来越近了。我发现中津荣之助变得很慌乱，而且脸色绯红。我觉得他这副样子俨如儿童，揣度着他为何这般心慌。

人力车来到我俩身边时，他突然抬起头来，彬彬有礼地鞠躬。女人也向中津荣之助点了点头。女人的动作不像是认识中津荣之助，她还用疑惑的目光凝视着我俩。

恰在此时，好像大炮轰出的烟一般的尘埃又扑过来了。双手都没空着的女人，脸正对了刮来的尘埃，脸上的肌肉全朝鼻子方向集聚，怪异地皱着眉头。尽管如此，她仍眯着眼睛瞅着我俩，最终好像认出了中津荣之助。

“哎哟……”说着，她在孩子头顶很不自在地点了点头。然后，女人异样地皱着眉头，与我们擦肩而过。

“你见过那个女人吗？”之后，中津荣之助问道。

“见过。”我回答完，中津荣之助就接着说道：“这个女人名叫阿薰。”

“嗯。”

“她是我的初恋，而且如今仍然是恋人。”中津荣之助说道。

“恋人？”我有点诧异，反问了一句。

“是的。可以称作恋人关系。当然，这是单指我的心情。”

“女方也知道你的心情吗？”

“阿薰一无所知。自始至终，她都一无所知。我失去了对她表白的机会，因而失恋了。”

“你还没对阿薰表白，她就出阁了吗？”

“不是的。大约五年前，我开始关注阿薰，生出了恋慕之情。那时的阿薰已经是一个寡妇了。”

“那么，是你还没倾吐衷肠时，阿薰又改嫁了吗？”

“不是的。从那时至今，阿薰一直独身一人。”

“刚才那个小孩是怎么回事？”

“那个小孩是阿薰的孙子呀。”

我差点笑出声来。此刻的中津荣之助，脑中心里装的全是阿薰。看着这样的中津荣之助，我不能笑。我压根也没想将这位亲密的朋友当作可笑之人。总之，我不能笑话中津荣之助，但他的事确是可笑的。迄今为止，中津荣之助没太写过恋爱小说。我觉得他如果写自己的恋爱体验，恐怕是最大的话题，但他不仅没有写，连谈都没有谈过。如今听他说有过恋爱体验，并见到了他的恋人，我感到幸运。

“你为何不将自己的恋爱体验写成作品？”

“我打算在应该写的时机到来时再写。”

“你该对我说的时机早就到了，你说了吗？”说完，我笑了。我并非挖苦，中津荣之助明白我的意思。

“我并不想隐瞒这件事，只是还没有说的机会。你如果愿意听，我很乐意讲给你听。”

“是吗？”

“你愿意听吗？”

“当然愿意了。”

以下，是中津荣之助讲述的“他与阿薰的故事”。但这个故事在这里不适合写得过于详细，因为这个故事是一个素材，适当的时机到来后，中津荣之助打算将其详尽地写成作品。

我与阿薰初识于我姐姐在红叶馆举行婚礼之时。当时阿薰是作为男方亲属来的，领着一个约四岁的男孩与一个约十岁的瘦瘦的女孩。阿薰的丈夫是某部的科长，身材瘦小。听说他才干非凡，身为官吏，前途远大。究竟多大年龄，我不太清楚。与阿薰姿容丰润心胸豁达的风度相比，她的丈夫截然相反，人长得老相，给我的感觉是举止谨慎，老于世故。我觉得这可能是因为他比阿薰年长。后来听人说，阿薰最初打算嫁给他的弟弟，即将结婚时，弟弟溘然长逝，于是婚事遇阻。恰巧当时阿薰如今的丈夫丧妻，也没有孩子，人们与阿薰商量，能否与未婚夫的哥哥结为连理。阿薰原本对未婚夫也没什么爱，于是，就听从别人意见，与未婚夫的哥哥结了婚。

阿薰与我的祖母间隔一个火盆坐着，手拿一根女人用显得略大的旧式银制烟袋，一边津津有味地吸烟，一边与我祖母滔滔不绝地说着什么。我从远处望着阿薰，觉得与这个女人好像并非初次见面，我对她产生了一种熟人般的亲近感。一言以蔽之，在我看来，阿薰是一位优秀的母亲。我被她吸引着，但我只是觉得阿薰具备如此形象。当时我二十岁，正在读高中。

从那以后，我偶尔有机会见到阿薰。因为不是直系亲戚，我们家与阿薰几乎没有什么往来。去我姐姐家时，我常在那里遇见阿薰。

有一次，我听姐姐说，阿薰染上神经衰弱症，为了疗养暂居外地了。我感到有些难以置信："阿薰不是一个心胸狭窄的女人，那么豁达的阿薰，怎么也会染上神经衰弱症呢？"说出我的想法后，尚未脱尽姑娘气的姐姐又流露出常见的习惯神态，怒目瞪起，轻蔑地说道："阿薰这个人，并不是你想象的那种档次的人啊。"

接着，姐姐说起阿薰结婚后，曾经因为一起恋爱事件离家出走过。这件事完全出乎我的意料。

阿薰的父亲是政客，宣传过自由民权，还因为其他业务去过国外。阿薰的父亲在外国与思想家中江兆民关系近密，归国时已经成为杰出的带法兰西特色的政论家了。阿薰的父亲就是这样一位人物。他一开始去各地游说，许多有志之士随行，盛极一时。之后，阿薰的父亲任某报社主笔，生活过得比之前稳定了一些。这时，此前的追随者不太登门了，取而代之的，是私立大学毕业的许多青年集聚于阿薰的父亲门下。阿薰这起恋爱事件的对象，就是这些青年中一个姓岸本的人。

岸本是从地方来东京的青年，长得就像如今看见的阿薰那么肥胖——当时阿薰十七八岁，还不像现在那么胖，虽然不能说是窈窕淑女，却也是与芳龄般配的个头与瘦削身材，有着普通姑娘的青春风度——然而岸本当时就像现在的阿薰那么胖，是个易激动的性格，表面倒看似非常沉着。他眼角下垂，其貌不扬，与通常所谓的美男子相差甚远，不知为何却有着吸引力，给人感觉是一个值得信赖的人。阿薰当时不知何谓恋爱，只是心中喜欢此人。岸本对阿薰也怀着相同的心理。相互未露衷情，都只是怀有微妙的神经质般的感觉。换言之，他们相互心中都喜欢对方，却都毫不晓得对方心里是怎么想的。

与别人比，阿薰的父亲是一个有着自由思想的开通之人，阿薰与岸本的那种心情，无论哪一方若能流露出哪怕一点，之后都会像堵住的水突然通畅流淌一般，一切顺利。然而，由于二人的神经质，各自都只关注自己的心情，而没能将喜爱对方的心情表露出来。既然如此，若能将这种心态贯彻到底，也不会惹出麻烦。然而，阿薰结婚一年多后，阿薰的父亲溘然作古，阿薰与岸本一起守夜时，偶然互诉了衷情，这可谓是"命运的恶作剧"。

岸本做事稳健，对待这种事的态度十分明确。据说，岸本对阿薰说："我一直希望与您结婚，但我不能协助您与您丈夫分道扬镳。那是您自己的事，必须靠您自己来解决。只要您将此事处理完毕，剩下的事全部交给我，与社会相关的事也好，其他事也罢，为此我决不惜付出任何牺牲。您分内的事，自己能否处理好？”阿薰回答：“我能处理好。”虽然阿薰当场表示自己能处理好，但回家后，一到关键时刻，就很难付诸行动。阿薰只有郁闷地过着空落落的日子。她如果自作主张，离家出走，也能解决问题。但这不是岸本所说的解决方法。说实在的，让女人来解决如此难题，显然是不合适的。岸本如果能更深地了解女人，那么，他一定不会给阿薰出这样一道难题。岸本还是太年轻，而且以理想的思维方式思考一切，他要求女人去做女人做不到的事情。而岸本自己鼓足干劲，等待着阿薰向他走来的那一天。

阿薰时常给岸本写信，主要是发女人的牢骚，信中毫未体现出朝向结婚而努力的力量。因是，岸本非常焦急。但岸本仍让阿薰按照最初的决心去做，并不打算插手帮忙，有时甚至不给阿薰回信。但阿薰若不借助岸本的力量，无论如何也无法突破难关。于是几个月的时间白白地流逝了。

岸本也非常痛苦。如果这件事发展到由他处

理的阶段，他有信心可以把一切都处理好，但在这之前，他便无能为力。岸本一点也插不上手，就这样拖拖拉拉地过着日子。最后岸本已经忍耐不下去了，却依旧束手无策。他思忖：那一天肯定迟早会到来的，在到来之前，自己不能总这样束手等待下去。岸本想歇口气，决定去美国待上一两年。

这种情况下，岸本不能不辞而别。他像例行公事似的，给阿薰写信，告诉她自己坐某月某日的船，遥赴美国。出发的前一天，岸本来到横滨，住在名为“西村”的轮船旅馆。夜里，阿薰突然离家出走，来找岸本。她流着泪，哀求岸本带上自己，同赴美国。这已是她最大的能力了。阿薰给丈夫留下一封信，只穿着身上的衣服就跑出来了。

岸本不知如何是好了。阿薰随行，他固然感到高兴，但阿薰没能按当初约定的真正地解决问题。岸本不能与有夫之妇就这样一起住在旅馆。无奈之下，他打电话要阿薰的母亲立刻来旅馆。

两个人——阿薰的母亲与丈夫——坐末班车赶来了。丈夫刻意避开岸本，去了另一个房间。深知就里的母亲告诉岸本，阿薰已经怀孕四个月了。听闻此言，岸本觉得自己好像突然被从悬崖之巅推落下去了。

阿薰的丈夫对岸本说："您处理这件事的态度光明正大，对此，我首先表示赞赏。我不愿掺入这种俗尘男女的痴情之争，阿薰既然倾慕您，尽管我对她的爱并未淡薄，也愿意彻底放弃她。但有一个条件，就是阿薰腹中孩子的事，为了对尚未见面的孩子尽为父的责任，我不愿让阿薰就这样去了美国。夫妻关系就此断绝也没关系，但在孩子出生之前，希望阿薰回娘家住，或者与我分居，住在我家附近。这件事不仅希望您同意，也希望阿薰认可。"

岸本听着这番话，恍如从梦中醒来，情绪十分低落。岸本是一个理想主义者，阿薰怀孕，对他来说不啻晴天霹雳。怀孕四个月，说明这是发生在他们互诉衷情后一到两个月之间的事情。岸本不明白，阿薰怎么能做出这种事呢？

岸本当场什么也没说。翌日，形容寂寥的他在两三个朋友的欢送下，独自去了美国。

那之后，岸本对阿薰和阿薰的丈夫都说了些什么，不得而知。总之，岸本去美国待了十余年，一直没回日本。后来听说岸本归国了，但并非为了阿薰，之后他马上就去了中国的满洲，在那里找到了工作。听说那时岸本还是独身一人。不消说，之后，阿薰稀里糊涂地又与丈夫住在一起了。

阿薰的这件事，此前我一点也不知道。听完这件事后，我头脑中阿薰的形象发生了巨大变化。我想，阿薰将那种激情隐藏到何处了呢？那种激情如今还隐藏于阿薰身体的某个地方吗？在那个瞬间，我思索着。我觉得正是因为这样，阿薰才像阿薰；正因为这样，阿薰这个女人才变得立体。此前，我只是过于平面地观看阿薰。岸本得知阿薰怀孕后，产生幻灭感，也是因为他过于平面地观看阿薰，我觉得此前我的观点与岸本相同。

尔后，随着光阴的流逝，阿薰的形象在我的心中逐渐明晰起来，同时也变得平凡了，而我对阿薰不知不觉怀有的好感却毫未变化。每当在姐姐家遇见阿薰，当天而且直到翌日，我都会感到一种不可名状的淡淡的幸福。但我毫未察觉这种幸福感是因为自己对阿薰生出了恋慕之情。胆小的我，不敢想象自己会恋上阿薰，爱上有夫之妇——因为我没有恋爱体验，所以爱上阿薰，在我来说，更是不敢想象的事。然而我确确实实爱上了阿薰。只是我无论如何也没能意识到这就是恋爱。若说因为我胆小，也确实是胆小，但我认为胆小也挺好。有时，对有夫之妇，也未必不可以喜欢。然而喜欢归喜欢，我不再超过喜欢的程度，这是人面对命运时所展示的智慧。

我对阿薰的情愫一直维持着这种不即不离的状态，光阴却呼呼地流走了。其间并没发生值得一谈的事情。从现在算起是五年前，从初识阿薰算起是第七年，阿薰的丈夫患流行性感冒去世了。

某日，我听见祖母与姐姐进行如下的交谈：

"阿薰今年多大岁数了？"

"是啊，看着有点儿老相，其实也就三十五六吧。"

"还很年轻呀。"

"是的。和我只差五六岁。阿薰真的挺可怜啊。"

"但是，她不会再婚吧？"

"这我不知道。我觉得可能会再嫁。再嫁也不是什么稀奇事。听说岁数挺大的原某某铁路公司总经理向阿薰求婚了，也有人说没有这回事。总之，她家里人正谈论这件事。是不是那位总经理向她家求婚……”

“那孩子们怎么办呢？”

“也是的，我也说到这件事。但是雪子快要出嫁了，只要阿茂本人同意，男方也愿意接受这个男孩，一如既往地一起生活，那就没什么问题。这件事好像也挺简单。”

我听着她们的交谈，有点坐立不安了，便若无其事地返回了自己的房间。

此后不久，我又从姐姐口中听说阿薰斩钉截铁地拒绝了改嫁，情不自禁地松了一口气。

就阿薰的岁数而论，改嫁确实是一件糊涂事。但我迄今从未认真地思考过此事，只是漫不经心地觉得阿薰是年过四十的阿姨——与其说她相当于姐姐，不如说我在心情上认为她是阿姨。据姐姐讲，阿薰与姐姐相差五六岁，那么阿薰与我相差六七岁——这样一来，此前根本没考虑过的事，现在却可以考虑了。此前我认为根本不可向往的事，现在我觉得并非完全不可向往。我现在应该怎么办？最简单的做法，应该是与姐姐商量吧？但是姐姐一定又会以恶作剧般的语调，骂我真是一个十足的傻瓜，或者也许根本就不会理睬我。但我又思量，姐姐本性善良，也许会理解我的心思，反而真心实意为我出力。我思忖，不管怎样，得找个机会，对姐姐倾诉我的真实想法。

虽然我这么想，但实际上还是拖拖拉拉地没有付诸行动。我自认为这是因为没有自然而然的机会，再就是怕以自我为中心的姐姐不问青红皂白地对我一顿臭骂，导致自己更加恼火。

后来，有一天，突然地，我接待了阿薰的来访。连我自己都感觉可笑，情绪异常激动。其实阿薰是来拜访祖母的，传信的人说祖母不在家，于是阿薰提到我的名字，说很想见我。

“我过来，给你添麻烦了吧？”阿薰一如既往，从容亲切地对我说道。

“不，请进！”说完，我将阿薰请进了客厅。

阿薰一反常态，轻松地与我交谈，问了许多关于我的事。——虽然如此，问的都不是太深入的事。

例如问我爱好什么，对某些事有什么看法等。我被阿薰的话吸引着，心情渐渐变得轻松起来。不知她能和我交谈多长时间。

“看来，你祖母一时半会儿回不来了。”

“啊，但我觉得祖母马上就会回来。”

阿薰好像找祖母有事，在等着祖母回来。我希望阿薰在我家待的时间越长越好。

阿薰待了约一个小时，便回去了。这一天，我与阿薰有了近距离的接触。我觉得她示出的好意并非肤浅的那种。这到底是怎么一回事呢？缺乏自信的我立刻开始胡思乱想：今后与阿薰交往，我应该亲切到何种程度为宜？我应将对阿薰的好感表明到何种程度，才能促使恋爱顺利发展？阿薰会怎样理解我对她的好感呢？

我过于胆小，因为对这种事情没有自信而厌恶自己。我虽然年龄比阿薰小，但我是一个男子汉呀。男子汉面对此事，不能永远采取被动的态度，于是我打算主动去拜访阿薰。

三四天后，姐姐来电话确认我是否在家，然后就来了。姐姐一进门，脸上就浮现出奇怪的笑容，说道："荣之助，为你的事，我今天来和你商量一下。"

仅听此言，我已有预感，吃了一惊。

中津荣之助讲到这里，又看了一下我的脸。

"哎，姐姐说有事要和我商量。什么事，你能猜出来吗？当时我的预感完全错了。你也许已经心里有数了。姐姐是问我想不想娶阿薰的女儿雪子为妻。阿薰求我姐问我这件事。"

"是吗？……"

"这样一来，对我意味着什么？——万事休矣。事到如今，我不能提出向雪子的母亲求婚的事了。姐姐一句话，顿时将我从悬崖巅推了下去。岸本听说阿薰怀孕，觉得自己被猛地推下了悬崖。而之前的胎儿长成如今的雪子，同一个人，又把我从悬崖巅推了下去。大概这就叫'因缘'吧。"

"你当场就拒绝娶雪子了吗？"

"当然拒绝了。"

"那么，下一步你打算怎么办？"

"我有自己的文学事业要干。我对阿薰的爱，就这样被永远埋葬了。"

“还没等见到阳光，就被埋葬了……”

“我原以为我主动去见阿薰，我的爱就会见到阳光，事实证明，我的想法错了。”

“你为什么不把这件事写成作品？你刚才讲的这一番话，就是一个故事啊。”

“事实上，从这件事中，我发现了两个主题。我打算最近将其写成短篇小说。我不想把刚才说的事原封不动地写出来。这种心情你明白吧？”

“我不明白。”

“我如果原原本本地写出来，也就等于说，这篇作品成了我写给阿薰的情书。事到如今，我不想给阿薰写这样的情书了。”

我突然想起适才中津荣之助与阿薰擦肩而过时，阿薰那双眉紧锁的形象。

《改造》大正十四年（1925）一月号

山科的记忆

一

他沿着山科川的细流前行，月亮已经升得很高了，寒风扫过了收割后的稻田。他吸完在车里点上的那根香烟，扔掉了烟蒂。他有点顾忌坐出租车一直坐到自家门口，便在通往大津的路上下了车，让恋人随车回去了。他一边走路一边思索着与刚才惜别的恋人之间的美事。与痴爱着的恋人分别后，再思考这一桩美事，简直是两重快乐。离家越来越近了，他一想起必须在妻子面前撒谎，假装没事，一种阴暗的难以应对的棘手感即刻笼罩了他。每当他眺望位于溪流对岸独门独户的自家的灯光时，总有这种棘手的感觉。显而易见，自己处于弱者的位置，对此，他感到不悦。

他爱妻子。纵然开始爱其他女人之后，他对妻子的爱依然如故，毫无变化。不过爱妻子之外的女人，对他来说是很稀有的事。这种稀有之事却化作了强烈的魅力，吸引着他。他觉得此事为自己停滞的生活带来了某种蓬勃生气，这虽是功利性的思考，却不能全做负面理解。

他走过小桥，进了自家的大门。随着门板上铃铛声响起，他流露出胆怯的心情，他感到害怕。他尽量装作随意地推开门，又随意地关上了。为何将自己的心情搞得如此阴沉？这是因为他欺骗了相信自己的妻子，故而让他感到烦恼。

室内灯光明晃晃地照着玄关，他打开了玄关的玻璃门。以前总是前来迎接他的妻子，此刻却没出来。他又从敷台[①]上拉开了纸拉门。妻子身穿薄棉睡衣，宛如被抛在房间一隅的破布团，缩着身体，躺在那里。他从没见过妻子的这般模样。如此怪异

① 日式房屋门口铺地板的高台，通常主人在此处迎送客人。

的悲惨感觉触动了他的心。妻子正遭受自己的这般对待吗？自己感觉到妻子正在遭到如此对待了吗？如此感受触动了他的心。薄棉睡衣领子高高地遮掩着妻子的头，妻子仅仅从领口露出带有泪痕的一只眼睛，凝视着他。那是一只含着委屈、生气和冷笑的眼睛。

他立刻意识到，妻子什么都知道了。他感到亢奋，也很是不悦，默默地瞅着妻子的那一只眼睛。妻子开口之前，他一句话也没说。

他进入隔壁的客厅，打开了电灯。圆火盆里生着炽旺的火，铁水壶里的热水正在沸腾着。

“我总觉得你近来举止蹊跷，打电话一问，果然就是那么一回事。”

闻听此言，他没回答。他穿着和服外套，蹲在火盆旁。

“你总说绝没干那种事……净说好听的，骗人……”妻子一边说着，一边走进了客厅。他想发火，但不知说什么好。他眼神凌厉地看着妻子的脸。妻子脸上现出憋屈的冷笑。他发现妻子的脸泛出异样的红色，知道妻子一定是在发烧。

“你发烧了。”他来到妻子身旁，手按在坐着的妻子的额头上。妻子冷酷地拨开他的手。

“发不发烧，跟你有什么关系，随便。”妻子说道。

略摸一下都很热。他站了起来，拿来自己被窝上的宽袖棉袍，给妻子穿上。

妻子极力拒绝。平时不曾强烈闪光的眼睛，此刻却闪出强烈的光，正视着他的眼睛。面对妻子的视线，他感到一种畏惧，却故意态度强硬地说道：“这事不用你管，与你毫无关系。”

“为什么呀？这是与我最有关系的事呀。为什么说与我毫无关系？”

“你如果不知道，此事就与你无关。有了那个人，我对你的感情也丝毫没有改变。”他知道自己的话十分任性。然而，自己爱着那个女人，同时对妻子的爱确实没有变化，面对这种现实，他唯有感到高兴。

“真是岂有此理！哪有这种事。迄今为止都是一，如今你却将一分为二，你对那个人的感情，是从一里减去的。”

“感情上的事，与数学无关。”

“不对！我认为没有那个道理。”

妻子变得歇斯底里，“啪！啪！”地打着他的手背。

他反复地说，自己的心情确实如此，对妻子确实毫未撒谎。

“如果没有不诚实的心情，你怎么可能会做出这样的事？”

他确实没撒谎。但他如果诡辩，连他自己都会因此感到不快。

“我不能一生一直压抑着那种感情。婚外恋我只要能做到不露馅，别令你感到不幸，就可以了。”他说道。

“这会是我最大的不幸。”妻子说道。生活再贫寒，她都可以忍受，但唯有对这种事，任何时候她都绝不可能做到平心静气。

“你说只要不露馅，不令我感到不幸，就可以了。究竟是什么样的人能说出这种话呀？”妻子又说道。

他说自己对妻子的感情是真诚的，此话显然含有狡辩成分。他对妻子越是有真情，越是不可做出这种事来。妻子向来对事都比较宽容，他曾有一种朦胧的希望，觉得妻子也许对自己的风流事也会予以宽容。现在他明白，妻子终于不会宽容自己了。他不可能一遍一遍地陈述自己对妻子的心情。随着妻子越发歇斯底里，他已经无话可讲了。

二

沉默了大约五分钟。两个人的心中各自浮出了往事。他的头脑中不时掠过关于妻子的事。

“去年我住院时，如果我喜欢上了那位先生，那可不得了呀。我确实这样思考过。真的，我觉得只爱你一个人，我就感到满足了。可是你倒好……”妻子有些平静下来，突然说出这件事来。

“嗯。”他有些不可思议。妻子提到“那位先生”，他便清晰地记起了那个年轻人。于是他说道：“道理我明白。那人是某某医生，我还在作品里稍微提到了你的那件事呢。”

“……”妻子突然认真地凝视着他。他没太理解妻子的心情，但他明确感知到妻子的话中没有不纯的心情。

“你想说什么？”他问道。

“……可是，我与那位先生的关系，与你想象的完全不一样。你应当认识到这一点，否则，我实在受不了。”妻子说道。

“你不要认为我变心了。我绝没认为你有不安于室的想法。”他说道。

他站起来，从桌子上拿起一个笔记本，那上面写道：“女子A是贤妻良母。但是A因接触丈夫之外的男人，一生中仅有这一次感觉到了未明确意识到的恋爱，因而神魂飘荡。A的夫君感觉到A与那个男人接触时的心情是恋爱。此外，与A接触的那个男人也明确意识到A对他的心情是恋爱。那个男人也对A产生了恋意，但未发生任何事，也无明确表达恋意的机会，于是恋意被埋葬了。A现在已经忘了此事。还有一个女子B，也经历了与A相同的事情，但B对此事根本就没意识到。”这里，B指的是他的妻子。

“你看一下。A是○○女士。”他说道。

妻子心不在焉地接过笔记本，但不想看。“真可笑啊。”妻子说道。看妻子的神情，好像是在反思，她说道：“如果我稍有内疚，我就不会对你说这说那的。”

实际上，他每次去医院看望妻子时，妻子总是情不自禁地对他讲起那个男医生的事。

“那倒是的。”他说道。

“是呀。我想的是，那个医生热情关照我，我讲给你听，想让你听了也高兴。”

“但是，你是害怕自己真的喜欢上那个医生，后果就麻烦了。其实，你内心是喜欢那个年轻医生的……正像我写在笔记本上的故事那样，只是你对此事根本就没明确意识到。”

“……”妻子沉默不语。

“我的笔记本上，只写了四月十六日这一天，之后的五月、六月、七月、八月、九月、十月、十一月、十二月，八个月里再一点也没提那件事，由此证明我没多想。对你怀有的那种心情，我如果稍有不快，是不会缄默不语的，但我没往其他方面猜想。我一点也没有嫉妒。也可以说我觉得你有点可怜。我深知你是真正喜欢那个医生的。出院时，你主张之后换纱布还是去找那个医生，那点小事，此地的

× × 先生完全可以干，当时我这样说过，× 子女士也说过，你就是不听。”他说道。

妻子赶忙拦住了话头。

“你说的不对。因为我孙子的○○女士的事，我觉得 × × 先生处有些脏，好不容易康复了，万一再发生细菌感染，那就糟了。所以才去年轻医生那里换纱布。对那么点事，你都起疑心，你也太过分了。”妻子说道。

“事实到底是怎么回事，不得而知，我觉得 × 子女士的理解和我的一样。她当时一脸奇怪地看着我。我不想说得太深了，你随便吧。我觉得你是被那种无意识的恋情支配着。”

“是吗？——我没感觉到……”妻子说道。

“不仅我是这么认为的，那个年轻医生也是这么认为的。”他说道。

“那么，你为什么不直接阻止我去那家医院换纱布？我觉得自己没有那种心情，你如果认为我有那种心情，为什么不直言不讳地阻止我。这是你的不对。”妻子说道。

“第一，我认为你不是一个会犯错误的女人。

退一步说，我认为纵然你会犯错误，但距我须提高警惕的程度还有很远的距离。尽管我不是一个对这种事马虎大意的人，但对你还是很放心的，我不愿意总是为这点事说这说那的。”

他一边说着这件事，一边意外地觉得自己的心情放松下来了。他觉得这是妻子纯粹的心情对他产生的影响。

年轻医生朝气蓬勃，是个令人感到愉快的男人。他几乎没与年轻医生说过话，但对这位医生没有一点不良印象。他进妻子病房时，经常与年轻医生擦肩而过，他进去时，年轻医生急急忙忙走出来。那种时候妻子看上去感到很快活。有一次，他最小的女儿住院，深更半夜，突然闹腾着要回家。妻子用出租车将孩子接回家了，是年轻医生批准的，年轻医生说，在次日清晨诊察时间前回来即可。妻子说年轻医生和她开过玩笑。说完，妻子便笑了。第二天清晨，妻子用出租车将女儿早早送回了医院。他不认为妻子有意识地对年轻医生怀有那种恋情。但是，他察觉到妻子的潜意识中对年轻医生怀有恋意，他觉得年轻医生也察觉到了妻子有那种意思。

那次妻子住院，出院时，之后是否还作为外来患者来这家医院，妻子有些犹豫不决。最后妻子还是神情不悦地决定求山科的医生给换纱布。翌日去山科的医生那里一看，出人意料地环境很清洁。因决定正确，所以妻子很高兴。

三

话题转到了妻子身上，这对他来说，可谓幸事。妻子的心情平静下来了。然而，此番交谈并未能令妻子对他与那个女人的事表示宽容。妻子执拗地坚持自我主张，让他明确表示与那个女人从此一刀两断。唯有在这件事上，妻子的态度一直很强硬。

他暂时除了答应妻子的要求，别无他法了。

《改造》大正十五年（1926）一月号

痴情

一

这是薄阴寒冷的一天。因为天寒，他感到轻微的头疼，情绪极其低沉地笼闭在书斋里。雪花纷纷扬扬，不时掩住了对面的山岭。雪花落入庭院中的水池，便融化得无影无踪了。他透过玻璃门与纸拉门上的玻璃窗，呆呆地眺望着户外的雪景。过了一会儿，雪似停非停之际，突然望见了青空。他觉得自家俨然位于群山之中。

天气归天气，当务之急是如何处理这件事，他很难做出决断。自己如果对那个女人彻底死心断念了，那是最好的，但他实在不愿与那个女人分开。

被妻子责备着，他口头表示要与那个女人分手，实际上他不愿意这样表态。如果因为不再执着于那个女人了，自然地分道扬镳倒也没什么，可是如今硬要抹杀真实的心情，突然分手，这是被强迫的结果，绝非他心甘情愿的。即便下了决心，却无实行的动力。尽管如此，若继续骗妻子，自己也感到不愉快。剩下的一条路，就是希望妻子对此事表示宽容，他知道这是不可能的。对他来说，妻子若能宽容自己，那是再好不过了，昨夜他抱着万一的希望，向妻子提了此事，马上就意识到这是很不切实的空想。

妻子说，今天一切都要做一个了断。妻子的态度很认真。他不能因为妻子的认真而与妻子发生争论。他也感到自己出奇地对此事非常认真。只是与妻子的认真意味不同。

不管怎样，他决心在形式上必须暂时与那个女人分手。妻子说，可以用钱来解决问题，这让他觉得不快，这是蔑视那个女子的表现，令他怒气难遏。但冷静地说来，确实应该这样处理。如果是别人的事，他或许也会提出这样的做法，但是妻子提出这种做法，这不像平素的妻子，他感到生气。他理解妻子遭到背叛与欺骗，心里堵得慌，尽管如此，他也不想压抑自己。

他爱上那个女人后，对妻子的心情毫无变化。他欺骗妻子，良心受到谴责，因而一直对妻子怀有温和的心情。一切真相大白后，他感觉自己对妻子的心情也随之低落了，不再温和，而变得有些生硬了。因为此事，自己立刻——纵然是暂时的——必须改变主意，他觉得自己太窝囊了。

所谓那个女人，是祇园茶馆二十岁或二十一岁的女招待，长得人高马大，像个没有精神修养的男人。为何被这样的女人所吸引，他自己也感到莫名其妙。在他喜欢的女人类型中，像这种形象的女人也不是没有过。但他根本不曾想到，这个女人竟然能如此强烈地吸引着自己，这是绝无仅有的。

这个女人身上挥发着妻子身上早已消失了的新鲜水果的味道。此外，这个女人身上有孩子般的活泼气息，有着北国大海中捕捞上来的螃蟹蟹腿里嫩肉的新鲜味。这些都属于官能性的魅力，虽然他感觉这一点有些低俗，但他感觉自己超越了所谓的“放荡”，有一种不断被这个女人吸引的心情。因此他认为这就是恋爱，他从中感受到了美，纵然做的是丑事，却也不觉得丑了。

他独自沉浸在不愉快的情绪中。这时因亢奋而疲劳、因疲劳而更加亢奋的妻子，走进了他的书斋。

二

“现在去银行，还来得及吧？”妻子问道。

“如果来不及，明天去也可以呀。”他回答。

“那可不行。无论如何，今天你必须给我解决完这件事……推迟一天，我的痛苦也就延长一天……与其这样，不如早一天让你认为你是我的。这是一件十分讨厌的事。下午一点多了，我收拾一下，你也立即收拾一下，准备出发。”

“你别去算了。”

“不，我留在家里反而坐立不安。”

“你不是正发烧嘛。”

“病了更好。如果我病死了，正合你的心愿了吧？”

他双眼朝上，凝视了片刻。

“虽然是开玩笑，也不该说出不分轻重的话来呀。”

“说什么‘轻重’，在你看来，这是非常轻的事吗？”

“反正不是生与死那么重要的事。”

“是吗？”

“只有傻瓜才跟着我去。”

“但我还是要跟着你去。”

他知道妻子的话未必仅仅是夸张，因而感到很生气。

“你要强迫我吗？因为这种事，便要控制我的行动，你这是教养低下。”

妻子沉默了。他信口说出了很过分的话。

妻子变了脸色，盯着他，最后低下头来，唉声叹气。

“你真是一个非常任性的人。”妻子说道。

“从相识开始，我就是一个任性的人。”他回答。

“这我知道。但是你会这样残酷地骗我，这一点我不知道。你能满不在乎地说我强迫你，说我教养低下。你评论别人的时候，非常严密尖刻，轮到说你自己，你的标准却完全是另一套。这到底是为什么？孩子如果撒谎，你就过分严厉地叱喝，你自己撒谎，却不想严厉批评自己。”妻子说道。

“说真话如果可以，我就时时都说真话。我最讨厌撒谎。你如果能够承受我说真话，我就永远对你说真话。”他说道。

他的不快已经无法形容，已经到了讨厌开口讲话的地步了。

“你对我全说真话，这很好啊。昨天晚上你不就对我说了真话嘛。再没有隐瞒的了吧？这很好。请你对今后的事情做出严格保证，保证绝不再做那种事——请你让我相信你说的话，请你让我忘掉你过去的事，请你让我相信你现在做出的保证……哎，怎么样？”

“这不好说。这一次发生了不应该发生的事，但是今后的事，我很难保证。”

妻子突然激动地喊叫起来。

“如果是这样，今后我简直没法活了。”

“没法活了，你想怎么样？”

“虽然我不会自杀，但肯定会短寿，一定会是这样的结果。”

他在心里思量，妻子若是这种口气，看来，只有暂时与那个女人分手了。因为这件事，他心里焦躁不宁。

三

约一个小时过后，夫妻二人在京都东山三条下了电车，鹅毛大雪纷纷扬扬，下得令人心情舒畅。从山科出发时，还能看见太阳，此刻却是这般天气，两人没带伞，脑袋与双肩上落着白雪。大街眼看着变成了银白的世界。两人站在大街上，缩着脑袋。

"一个钟头或一个半钟头后，我就回来。你去K家等着吧。你神态要尽量平静一些，否则会有失体面的。"他说道。

妻子默不作声地看着他的眼睛。

"天很冷，你快点去吧。衣服要穿好。"

妻子点了点头。

"——那么，我去去就来。"他说道。

他告别妻子，路很近，与其坐乘客挨肩擦背的电车，还不如步行前往为好。他横穿大街，进店去买香烟。从店里出来时，他发现妻子站在相距约四米的地方，前胸与头发上全是雪，欲哭似的，在低声说着什么。经过一夜的折腾，妻子明显地衰弱了。他走近妻子，她的脑袋歪向一侧肩头，哀求似的说道："哎，说好的事，一定要办好啊，行吧？"

"行了，别说了。你总在雪里站着，真的会得病的。"

妻子终于走了。他望着厚厚的披肩里露出的扎着垂髻的小脑袋渐渐远去，感到妻子很可怜。

他来到了总与那个女人幽会的旅馆，走了进去。老板娘坐在昏暗茶室的长火盆旁，见他进来了，如猫叫一般懒洋洋地说道："好大的雪呀！"说完就站了起来。

"我有点事，你马上联系她，让她一个人马上过来。"他说道。

老板娘给那个女人打了电话。

女人很罕见地立刻就赶来了。当他说出见面目的后，女人十分困惑，默不作声，最后开口说道："这样的结局，我受不了啊！"通常情况下，男人接受了艺伎的赠品，很快却又不得不与艺伎分手时，艺伎都会说"我受不了啊！"这句话。他与女人分手的理由已经一清二楚了，因为这个缘由，女人感到很苦涩，不禁潸然泪下。

“不必对别人解释什么吧？”他问道。

“别人很快就会知道我们的关系断了。”女人回答道。

“你就说我去了遥远的地方吧。”他说道。

人若住在京都，今后却不再来找这个女子，他没有这个自信。他觉得自己还是移居别的地方为好。他说出这个打算。

“这样一来，我更受不了啊！”女人哭泣之后，脸色忧郁失神，漫无目的地呆呆地望着窗外的方向。

他将女子高大丰满的身体抱在自己的大腿上。女子的嘴里因为淌进了泪水，带有一股微咸的味道。他想起昨夜妻子的嘴里也带有一股微咸的味道。拥有两个这样的女人，他觉得这很不像自己。

不久，他支付了该付的交往费，给了该给的“分手钱”，走出了这家旅馆。户外还在飘舞着零星小雪。

从东山三条往西走，有一座很大的寺院。K 家就在这座寺院的大院内。他刚想进 K 家，迎面碰上了妻子。

"我没心思一直跟人家说话。"妻子好似辩解似的说道。妻子看着他的眼睛，问道："一切都彻底了断了吧？"

"嗯。"他点了点头。他点头的底气不足，担忧妻子见怪。

按理说，现在表面上一切都结束了。但在他心里，一点也没有与那个女人一刀两断了的感觉。刚才女人还央求道："您移居远方之前，一定再来与我幽会一次吧。"他的回答暧昧不清。实际上，他根本不想与这个女人分离。虽然如此，他却按照妻子的要求，与女人一刀两断了。如今他不是在欺骗妻子，而是在欺骗自己。如果说他现在没有欺骗自己，那么，他就是再度欺骗了妻子，也欺骗了那个女人。但无论如何，他不想付出完全破坏家庭的代价，以面对自己与那个女人的关系。他觉得自己与那个女人的关系没有重要到可以破坏自己家庭的程度。那个女人一开始有点讨厌自己，如今只是到了不讨厌的程度。不用妻子说，他心里也明白，与那个女人的交往不过是一种交易。女人的这种心情，对他来说是不愉快的，然而在这个风情世界里，这就是道德。纵然女人真心实意地爱他，也不能够完全超越这种心情。

尽管如此，他独自一人的时候也好，与别人在一起的时候也罢，那个女人都未能彻底离开他的脑海。在某种意味上，这件事平复之前，他实在无法离开那个女人。

当日，他与妻子沿着大街步行而归，夜里回到了山科的家。妻子当晚就病了。这都怪她自己，分明发着烧，还硬挺着要出门。

四

妻子感冒了，一直没有康复。

“你和那个女人的事彻底结束了，我也可以放心了。”

妻子一说这话，他心里就充满了困惑。虽然他回应着安慰妻子，但他说的话令自己感到不快。而妻子愿意相信他说的话时，他说完话后尤其感到不高兴。

有一次，妻子又这样说道：“总之，这是家庭病，病好了，心里的不悦就一扫而光了……但是这种家庭病，会明显缩短人的寿命。”

“既然是病，说不定还会患上。”他当作笑谈，这样回答。

总之，他想尽早去外地待一段时间。恰好他有事要去东京，但是妻子的感冒久不见好，他无法出门。与疾病相比，妻子瘦弱得厉害，时常出现亢奋状态。原本平时戴着紧紧当当的未镶宝石的戒指，如今每当手指头下垂时，戒指就会自然地脱落下来。

以下是不久他到东京后收到的妻子的来信内容。

自别后，你一切安好吧？你进京后，山科这边每天降雪，天气很冷。你的神经痛现在如何，好些没有？〇〇先生身体如何？我很挂念。祝那边的各位都身体健康！收到了腌过的干鱼子，请代我表示感谢。本来应该去信致谢，但我现在很畏惧写信，所以请代我致谢。你出发时，我依旧让你不悦，请原谅。关于那件事，我一点也没有悲观，但那天心情不好，躺在床上。现在我很寂寞，独自哭泣着，因此给你写信。我觉得不可影响你的创作，一直忍耐着不写信打扰你。但我心里很苦恼，所以写了无聊的信。一个人寂寞时，就想起那件事，就忍不住落泪。但想着事情已经过去了，不可纠结不休。然而，我的心空总是晴朗不起来。请不要让我一生都这么郁闷。小猴死了，现在我不胜悲伤。请一定让我相信你。此前我一直相信你，因为发生了这件事，今后虽然是秘密，心里也不痛快。我任性的述说也许会令你不悦，但请允许我诉苦。你说我是你非常重要的人，我如此悲观实不应该，但我总想着这件事，很悲伤，请你给我回复内容详尽的信，好令我心情安定下来。

我知道你每天很忙，埋头写作。望多注意身体，别感冒，若神经痛略感不适，望去箱根泡温泉疗养。你的裙裤忘在家里，给你寄去了，望查收。这边夜里没有什么可怕的事，孩子们都很活泼，请放心。我不是整天都不觉潸然，但时常情绪低沉，胡思乱想，有时泪下。我在努力转换心情，你那么在乎我，无论发生什么事，我都没有不安的心情。我很任性。不是我一人独处，我的神经就不能安宁。我不替你思考，专想我自己的事，请多原谅。如此道出无聊之事，我胸中的苦涩消失，变得轻松了。望代问大家安好！

他外出归来，见到这封信时，又收到电报说："拜托速归！"——妻子的寂寞已经不堪忍受了，他明确意识到了这一点。妻子不想再忍耐下去了，他觉得这是幸事。于是他什么也没收拾，立即就要打道回府。

"你妻子因为患病而身体不好吗？"

"不是，是因为我的放荡。"

母亲沉默了一阵，接着又说道："那么，你赶紧回去吧。"

他用约二十分钟打点好行装，终于赶上最后一趟快车回家了。

《改造》大正十五年（1926）四月号

柏拉图式恋爱

户外每天都是暴风雪天气。宽阔的河滩上布满了小石子儿。流淌在河滩中间的河水表面的波浪逆流而动，雪花横飞在波面上。天降雪，地上却不积雪。山上树木的积雪被暴风吹得一干二净，光溜溜地摇晃着。

我刚来此地时，感觉有点压抑，情绪不太平稳。暴风雪最强烈时，雪都飞入房屋中间了。雪粉从窗户内侧的纸拉门破损处，从玻璃门的缝隙间，钻入了室内。被炉桌面上放着正翻阅的书，雪落到书页上就融化了。平素怕冷且易患感冒的我实在无法安心地待下去了。大约一连三天，我都是这样难以适应的心情。

然而，这里的温泉令我感觉称心如意，温泉

中镭含量在全世界占第二位。温泉水质甚佳，泡在泉中，身体滑溜溜的，出来之后，身体总是很温润。这一点令我很是留恋，不舍离去。此外，任性地说，这家温泉旅馆无论哪方面，对我都关照得无微不至。这种居住的舒适程度也令我难以割舍。但有一点令我烦恼，那就是参拜出云大社[①]的团体观光客常组团来到旅馆，这些人每天晚上叫来艺伎闹腾。对于搞创作的我来说，真是受不了。温泉旅馆本来就是这样的住所，我没有理由发牢骚，只好要求将房间换到没有邻室、居住舒适的客厅，被褥等也都换成今年刚做的，很轻。在不被别人讨厌的情况下，我愿意设法愉快地度过每一天。渐渐地，我的心情也平静下来。我说想吃鹳雉或野鸭，旅馆第二天就让人从十二公里外的地方送来。

夜里，房间门外有人啪嗒啪嗒走过。我躺着听人们走来走去的声音，生出了亲切而平静的心情。

某日晚上，我躺在被炉旁读朋友写的小说。这是杂志上连载的作品，上一期没读，不知是何内容，

---

① 出云大社是著名的神社，坐落在出云市大社町。按神道说法，出云是分布列岛八百万位神的故乡。

这一期写的是鱼河岸[1]的一个老者，在花柳界与演艺界都很有实力。他的儿子出国，许多人到东京车站欢送。欢送的人太多，摩肩接踵，月台上的人挤得一动都不能动。人是来了，但很难靠近车窗口。就在这样的场所，主人公与老相好、吉原的艺伎相会。

“你跟我过来。”

“你叫我过去干吗，他也不是个非得站着看不可的人物，净说人家不爱听的话……那个年轻人有什么意思？”艺伎说道。

“哎，你就这么看待这个年轻人啊？”

“你就等着瞧吧，他马上就该有掉眼泪的时候……”

小说的这一期内容是这么写的。我认识作品中的艺伎，因为认识，这几句对话令我能清晰回忆起那个艺伎。“你叫我过去干吗，他也不是个非得站着看不可的人物”这一句也好，然后还有“净说人家不爱听的话”，这都是那个艺伎的口头禅，我的

① 东京日本桥的海鲜市场。

眼前宛如出现了这个艺伎的面容。最后那句“他马上就该有掉眼泪的时候……”她总爱这么说，说完就笑了起来。连她那瘦削脸盘上的酒窝，此时我都觉得能看见了。小说中没写的内容反倒能更清晰地浮现在我的眼前，真是有点奇怪。朋友的小说艺术水平非常高超，高超到了可谓过于高超的程度。我好像通过如此高超的艺术描写，浮想出了那个艺伎。我一边不经意地读着，一边在脑海中自由地配合作者的思路，想到这里，又感到可笑。

我在艺伎中没有什么老熟人，写作中几乎没有艺伎登场。唯有这个艺伎，在我此前写的一部长篇小说[①]出现过，她名叫登喜子，所以，这里也暂且称她登喜子。从现在说来，已是十七八年前的事了，登喜子还是雏伎时，我与她有过一面之缘。一两年后，登喜子出落成了年轻的艺伎，我们经常见面。之后或两年见一次面，或五载见一次面。登喜子说：“见到您，好像又见到了父亲。”——这是在宴会上说的话。她这样一说，反倒显得彼此疏远

① 即《暗夜行路》。

到如此程度了。然而在我的小说中，主人公却频繁想念登喜子，如此缘故也挺可笑。我在自己所熟悉的很少的艺伎中，唯独对登喜子的感情匪浅。事实上，朋友小说里的男主人公，从境遇上看，不是以我为原型，但从其生活情况看，是以那时的我为原型。当时我对那个艺伎的心情，在某种程度上确实就是那样。正像作品所写的那样，好似“一个人的相扑”，是单相思。

大约是去年春天或秋天，我去东京欣赏某个人收藏名画展。其间，写出前述杂志连载小说的那个朋友，领着我去见了登喜子。这已经是时隔五六年又见到她。她看样子三十几岁了，具体岁数我不清楚。总之作为艺伎，已经不是个年轻人了，但见面后，我毫未觉得她岁数不小了，反而依旧觉得她挺漂亮的。住在京都，每日看京都一带的女子，所以我的眼睛只为“清洁美丽”与“脏兮兮”这两种审美特点所吸引。如今见到登喜子，在前述两种审美特点之外，我又有了新发现。虽然与“完美”这个审美理念相异，但我觉得登喜子作为女人，达到了内在美与外在美的结合。她有着和谐一致的内在美与外在美，显得文静柔和。人在十八九岁时，如果在某地看见了自己喜欢的演员，喜欢围绕演员说这讲那。如果说这个年纪是天真烂漫的年纪，那么，我现在不再喜好谈论此类内容了，也许可以说，我是到了老于世故的年纪吧？如此时代特色，我不知道该如何界定。有一次，身为宗教信徒的姐姐领着我，以游山拜庙团体的形式，坐三等列车远赴冈山县参拜金神。我在拜神团体中听别人无所顾忌地讲着故事。无论内容是有趣还是无聊，我觉得都各有其价值。

去东京看完画展归来，在汽车里时，朋友说，他有点过于神经质了，他和我一起待的时间长了，心就会感到很疲惫。我想，或许确实如此。我觉得我和他在一起时，也明显有这种感觉。在不断的交谈中，他讲话机警利落，天衣无缝，对此我会感到疲惫。我时常边听他讲话边发呆，他讲的话，我都没放在心上。我又想起，虽然如此，在这个朋友去厕所的一两分钟里，仅剩我与登喜子两个人时，我又感到有点拘谨。这种情绪变化很快，我觉得这确是我的特点。总之，我觉得很早以前，我就淡淡地恋上了登喜子。我想，自己这种淡淡的恋情，可称之为“柏拉图式恋爱”吧？因是淡淡的恋情，当忘了登喜子时，在一两年里完全不会想到她，然而一旦想起她时，又觉得她是自己的恋人。我的如此心理不会给任何人带来麻烦。而不给任何人带来麻烦的恋爱，作为恋爱，也许是心中最不可靠的恋爱。尽管如此，我们却没有理由说：“这种恋爱是无价值的恋爱。”

K侯爵家珍藏着著名画帖《笔耕园》与《唐画镜》。两三天过后，我们要求K侯爵拿出来给我们看看。那天早晨，我打算通知住在田端的A去K侯爵家的具体时间——A要与我一起去——我拿出随身带的笔记本查看A的地址，在“田端四三五·A”的后面，还写着“浅一六六六”。这是很容易记住的电话号码。我一边这么想着，一边给A打电话。接电话的是一个女人。

“实在不好意思，想拜托您叫一下A君……”这是我求人办事时的用语。

“A君？”女人问道。

“是 A · R 君。”我回答。

“哎？我家没有这个人。打错了吧？”女人说道。

“我打的是浅草一六六六。”我说道。

“一六六六是对的，但不知您在哪个地方出错了。”女人说道。

我偏偏不知道 A 的家名。笔记本上的名字下面分明写着“浅一六六六”，结果却不对，真是怪事。

“A · R 君告诉我打这个号码找他。”我解释道。

“这附近没有叫 A · R 君的人。”女人郑重其事地说道。由于我的执拗，女人的口气显得相当不耐烦了。从刚才开始，我就觉得这个女人的声音挺熟的，好像听过。不可能吧？但我突然回忆起来了，这个女人就是登喜子。瞬间，我什么都想起来了。东京大地震后，一段时间里失去了电话联系，最近总算又与登喜子联系上了，当时登喜子要我把她的电话号码记下来。我知道没有什么需要和她通电话的事，但也没较真地去解释，便在我打开的笔记本空白处随意地写了登喜子的电话号码，恰好就写在 A · R 君的地址下面。此刻，与其自报家门，还不如主动道歉来得快。

"非常失礼了。"我忍住想笑的冲动,郑重地致歉。

我情不自禁地笑了。打错电话这件事,本身就十分可笑,而十五六年来好似柏拉图式恋爱的愚痴,更显得可笑。登喜子说这附近没有叫A·R君的人,确实,那一带没有A·R的家。最初打听A·R君电话的人不是我,是与我一起从京都进东京的H。

以上是我最近一次和登喜子的对话。此后,何时会有下一次呢?是三年后,还是五年后呢?我这样思忖着。而此刻,我从朋友的小说里发现了登喜子,听见了她的话语,我感到十分满足。我给朋友写了明信片,内容如下:"在连日暴风雪的山阴地方,我没想到遇见了登喜子。"

归根结底,温泉旅馆每天夜里艺伎的喧闹令我束手无策。我通过回想东京的艺伎,击退了山阴地方的艺伎。时隔甚久,我又欣赏到名副其实的雪景,喜不自禁。从列车窗口观景,除了时而望见日本海,再就是一望无际的雪景。积雪厚达四五尺。来至靠近鸟取市的湖山池,这一带视野十分辽阔,殊甚壮美。湖水含雪,冻成淡墨色。湖畔近处荡来的波浪冻成了弓状。一羽心血来潮的寒鸦自在地由湖畔此柳飞至彼柳，柳枝无饵，我觉得寒鸦似乎是在游玩。与柳树上的寒鸦相比，湖山池的景色显得更富有诗意。我愈发感到此景之美不可名状。观赏之间，列车飞驰而过。车抵丰冈或八鹿一带，发现白鹤于距列车十米处悠闲地走动着。

《中央公论》大正十五年（1926）四月号

邦子

邦子自杀了，这个事件无论怎么说，都是我的责任。这一点我不想否认。但对我来说，这也几乎是无可奈何的事。如果我知道邦子要自杀，不消说，我会思考令她避免自寻短见的方法。我万没想到她竟然会做出这种事来。只是由于我的粗心大意。不过我的粗心大意是有充分理由的，这就是我做梦也没想到，我对待邦子残酷到了令她不得不自杀的程度。实际上，我是爱邦子的。邦子为何撇下三个孩子自杀了呢？这恐怕是外人不可理解的事。这或许是因为从表面看，我对邦子很好，而实际上却相当残酷；或许是因为邦子突然想不开，发作似的自杀了。我只能认为她自杀的原因，二者必居其一，不可能两方面原因都有。其实，我是真心实意爱邦子的，无论如何，我也不认为邦子不相信我真的爱她。邦子去世了，我才发觉，她的死竟然是必定的结果。

归根结底，是我杀了邦子，这么一想，我情何以堪？邦子死后，我总在思考这件事。我谴责自己的愚蠢，觉得怎么谴责也谴责不尽。但我也不能一味地只是懊悔下去。邦子究竟是以何种心情自杀的呢？我思索着这件事，但一直没有搞明白。“谁也不能如实地写出自杀者的心理。”一个自杀者手记中这样写道。不是当事者的我，搞不清邦子的自杀心理，可谓理所当然。但是，既然我是一个以文笔为业的剧作家，一味地谴责自己的愚蠢，沉浸在悔恨之中，什么用也没有。我打算写我的不幸（我不称此为“邦子的不幸”，而称作“我的不幸”），笼罩在我脑海中的各种灰蒙蒙的想法，如果能通过创作，在某种程度上理出头绪来，我就感到满足了。我丝毫没有借助这篇作品为自己辩护的想法。如果通过这篇作品，发现有充分理由可以谴责我自己，那么，我也许会感到心安。

邦子最初是一个可怜的女子，幼年时虽然不是乞丐，但贫穷得几乎等于乞丐，她就是在这种环境中长大的。我的长子前年患肺炎险些夭折，当时护士为照顾孩子尽心竭力。对此，邦子不知如何表达自己的感谢之情。于是，在庆祝孩子彻底康复那天，邦子将自己最喜爱的一枚镶嵌着珍珠的戒指赠给了护士，才觉得满意了。这枚戒指原本是我创作的戏剧首演之时，作为特殊纪念，专门为邦子买的。

“哎，我这样做可以吧？虽然很对不起你，但我觉得如果不将这枚戒指赠给护士，就无法明白地表达我的感激之情。”邦子撒娇似的这样说道。

“你觉得满意就行。”

“谢谢！我要对北村说一说这件事。说一说将这枚戒指赠给护士的原因。”

“这种事还是不说为好。”

“不，我要说。如果不说出来，我心里堵得慌。”

这时，邦子说出了下面的事情。

每年夏天大扫除日，邦子都须跟着母亲去街上，从每家门前堆积如山的垃圾堆里，扒拉着旧木屐、旧圆扇、破布、玻璃瓶等。五六岁的孩子，背着过于沉重的包袱，与母亲一起走着，手里拿着一根竹竿，在每一家的垃圾堆里扒拉着。当时她并不觉得自己很悲惨。相反，这是每年的例行活动之一，是一种快乐。有一次，邦子意外发现垃圾堆里有一枚小戒指，她觉得这是非常有价值的宝物，是红宝石戒指。其实那只是一枚红玻璃戒指，当时在针线铺里，十钱或十五钱就能买一枚。邦子说捡到那枚戒指时的喜悦，或许比得到我给她的那枚镶嵌珍珠的戒指时的喜悦，还要强烈若干倍。

"我这样说有点对不起你，但我说的是真心话呀。"邦子解释道。然后她继续讲下去。她将捡来的廉价戒指视为至宝珍藏着。但没过两三天，固定红玻璃的锌白铜小爪松动了，红玻璃掉了，她大失所望，哭个不停，怎么哭也觉得没哭够。

"这样的事我不能对别人说，却是我一生都难以忘记的事。"

邦子十三岁那年，她唯一的亲人——她的母亲去世了。那时母亲用小型手摇机器编织苏格兰毛线袜子，家里生活正略有好转。母亲患的是直肠癌，非常遭罪，最后病故了。邦子沉痛地意识到，自己虽然还是个孩子，但必须独立活下去。她家附近的女子因为姿色出众，被培养当艺伎，但邦子这时正在给别人家看孩子，无法脱身。后来邦子当过女工，还在火车站食堂当过女服务员。

我认识邦子时，她在仅在夏季营业的一家山区宾馆里工作。我觉得邦子是一个容貌美丽但手却挺脏的女人。她端盘子的手每天都会引起我的注意。邦子的手指上戴着没镶嵌宝石的普通戒指。我对她多少有点好感，但看到她的戒指时，我并未多想。她这枚戒指是表示已婚，还是表示已经订婚了，我不明白。我推测，与这些意思相比，这枚戒指的意义大概在于辟邪。

总而言之，我抱着不远不近的心情，观察着这个女子。当然，不能否认我完全没有非分之想。我已经三十六岁了，依旧独身。这样的男人——对女人有轻佻习惯的男人，不是出于恋爱目的，而是嗜好观察美女——特别喜好观察与自己有可能发生关系的女人。有如此心情的男人，不是好东西。我的这种心情没有外露，不过，我对邦子的热情也没达到很想积极促成结合的程度。

一天晚上，我疲惫得无法写作了——但如果睡觉，又因为精神过于亢奋，紧绷得反而睡不着。于是我想去打二三十分钟台球，转换一下心情。这时已经夜里十一点多了，为了不影响其他客人，我蹑手蹑脚地走过了长廊，奔向台球室。

从大厅登三级楼梯后，是一条细长走廊，下了走廊，就是球室。走廊左侧有两间客室，其中一间低矮一些。如果门外没挤满客人，客室是不开的。这时，那间低矮客室里传来了男女争吵的声音。通常只有去球室的人才会经过客室旁。在这个时间，一对男女在争吵，必然会令人觉得二人并非单纯的关系。我已经走到此处，不便突然折返。听那争吵的口气，是男人强求女人，遭到女人的拒绝。我想以正常步伐通过他们的身旁。与此同时，半开的门突然被撞得大开，一个女人身穿浴衣，系着窄腰带，刚洗完澡一般，跑了出来。这个女人就是邦子，她因为激动，脸红得很丑。门大开着，我自然地望了一眼室内。原来是在同一个食堂工作的年轻男服务员，他坐在床上，眼神充满憎恨地盯着我。我继续前行，下到了球室。

翌日清晨，我担心去食堂时见到二人，心里会很不舒服。邦子还好，但我揣测那个年轻男人大概会觉得没脸见我。如果这种场合我适合这样安慰他：“不是什么大事，你不必担心，我对谁也不会说的。”那么，我是想这样安慰他的。说实话，我挺喜欢这个年轻的男服务员。他朝气蓬勃地一边敲着铜锣，一边昂首阔步地走在长廊里，充满年轻人的朝气。他对待客人很有礼貌，很机灵，颇有眼力见儿，而且在这样的群山中度过一个夏季的年轻人，做出那样的事实属无可奈何。事情未遂，不必过度尖刻地责备他。

我进食堂一看，不知何故，两个人都没来。另一个女服务员将餐盘端到我面前，看着我的脸，脸颊浮现微笑，向我暗示她已经知道了此事就里。

当天清晨，年轻的男服务员被解雇，下山去了。

午餐时，我也没看见邦子。她负责距我挺远的餐桌，并不看我的脸。饭后，我让服务员将茶水端到了阳台。我一边眺望远山，一边吸烟。恰在此时，邦子戴着红帽子向我走来，低声说道：“昨天晚上的事，多谢！”邦子恭恭敬敬对我施了一礼，便马上回去了。确实，我偶然对邦子施与了帮助，但如果因为事情被我知道了，导致那个年轻的男服务员被解雇，我觉得很不是滋味。我推测也许因为此事被我发现了，邦子便将此事公开，才导致男服务员被解雇了。

此事之后，我与邦子的关系不知不觉间变得亲近起来。约半年后，邦子去东京芝区的一家咖啡馆工作。这时我下决心向她提出建立亲密关系。我将这种地方的女子领到别处去，并不需要下太大决心，但迄今为止，二人之间是极其正常的关系，如今突然提出建立亲密关系，需要飞跃性的勇气。“那时，确实托您的洪福，我才获救了。”邦子非常郑重地说道。“你这是感恩啊。”我这样回答，“如果你是为了感恩，那就拉倒吧。”这话我难以说出口，因此我的好人形象没有遭到破坏。而破坏这种形象花费了半年时间。其间我并非总去那家咖啡馆，一周去个一两次而已。我进入咖啡馆的瞬间，邦子脸上流露的表情渐渐吸引着我。我爱邦子——我觉得如此自我陶醉是我的秉性。至少，我明显感觉得到邦子信赖我，愿意见我，因此我很高兴。这也自然地令我的心认真起来。虽然很难越出常轨，但终于还是超越了常轨。之后，最初的随便玩玩的轻佻心情变成了一本正经的爱，真是弄假成真。

过了一段时间，我们开始同居。她认为与其住在她熟人很多的东京，不如住在郊外。于是我们在吉祥寺租了房子。

此前，我住在青山高树町，与作为女仆的老妪一起住了三年。原本够用的家具，邦子来了一看，觉得不够用了，我们又从三越店或白木屋店买来了很多家具。

约两年前，邦子当过小妾。男人是搞股票的，开始花钱还挺大方，邦子被纳妾之后，男人风格陡变，成了个出奇的吝啬鬼。对男人的吝啬，邦子没有太大的意见，但是，这个男人舍不得给邦子钱花的同时，对邦子的肉体要求却日益极尽粗暴，令人觉得他不拿邦子当人看待。邦子对这个男人厌恶至极。而且，这个男人嫉妒心非常强，嫉妒心一方面意味着爱。一开始，邦子对此并未完全理解为不好。当邦子逐渐知道男人别有用心，想制造她有外心这一借口，等将来想恩断义绝时不用付“分手费”后，她觉得男人无比丑陋，怒不可遏，一天也不愿意被男人包养了，于是她提出分手，两手空空与那个男人分道扬镳了。后来，那个男人又有点留恋邦子，时常来咖啡店想将邦子领回去，遭到邦子严词拒绝。

邦子房间的家具大致齐全了。她看着这些家具，想起被包养时那个男人给她买的全是寒酸廉价的家具。这么一对比，邦子更为那一段生活感到生气。

“我说这话你别不高兴，可以吗？现在我有多么幸福，我无法表达。这种幸福的心情，我以前简直无法想象。”邦子说道。

大概是波斯猫吧，一个西洋美人抱着一只浑身的毛密密蓬蓬的白猫，脸颊贴在猫身上，这样一张照片，被邦子镶入周边嵌细银边的相框内，挂在墙壁上。房间挂着这样的大幅照片，装点得像个理发馆，让我略感不适。但既然邦子喜欢，我也不愿让邦子失望，便默不作声了。与其说邦子的情趣低俗，莫如说她很幼稚，我尽量大度地看待她的情趣。

家具类的实际情趣，也不是好到令邦子很高兴的程度，但她若感到满足，我觉得也就可以了。

我们过上了名副其实的新婚夫妇的生活。我想着自己的年龄，觉得有些不可思议。我们如今已是彻底的恋人了。

作为仆人的老妪，有时随手拉开纸拉门，搞得我与邦子都很难为情。

“现在正是男女搂搂抱抱十分热烈的时候，往后我注意不可随手拉开纸拉门了。”老妪故意大声说道，好让我们听见。

老妪和邦子的关系总有点不太和睦。老妪说她家原来是大寺院管事的武士家庭，自幼娇生惯养成长起来的，也不知是真是假。老妪格外爱说大话，暗暗令邦子意识到自己是咖啡馆女招待的低贱身份。邦子因此流泪，感到很憋屈，我虽然生气，又不能直接蔑视老妪，也不好申斥她。

此前我和老妪两个人生活的时候，她不是这样的。等邦子来了，老妪立刻变了，令我感到难以理解。将女招待出身的女人娶进家里，老妪视此事为我的弱点，她连对我的态度都变得傲慢无礼起来。

此后，我不在家的时候，邦子费心费力为我做的事，老妪都想一一订正，常常对邦子说："老爷独身的时候，是这样的。"我听后觉得有些是对的，有些是错的。我不禁思量，老妪如此不断刁难邦子，如果还继续雇用这个无血缘关系的老妪，令邦子受折磨，那我也太愚蠢了。但是迄今老妪一直在照顾我，我又不愿意动怒将她撵走。磨蹭之间，邦子忍无可忍，和老妪的关系终于破裂了。老妪说："那我不干了。"邦子回答："那就请你走吧。"

我承认，迄今为止老妪照顾过我，但事到如今，唯有花言巧语哄着老妪，终于把她解雇了。

邦子对我们的生活时常表现出满足感。她反复地说道："我的人生中有这样的幸福，真是做梦也没想到啊。"我也很幸福，而一想到我能让邦子感到如此幸福，我心里的幸福感又多了一层。我们的生活充满甜蜜，对这种甜蜜，我从未想报以嘲讽。

不久，邦子身怀六甲，每日过得安稳舒心，之后生了一个男孩。那次分娩也极其顺利。大约过了一个月，邦子说身体有点不对劲。医生诊断说，本以为完全脱落了的胎盘却残留了一点。因此，邦子在骏河台一带的某医院住了一个月。

第二个孩子出生了，几年光阴平稳无事地过去了。邦子享受着这样的家庭生活，从中感受到了真正的幸福。邦子照顾孩子，每天忙忙碌碌的，并不觉得厌倦。我却寂寞厌倦得难以忍受，情绪变得焦躁。我已经不能既创作戏剧又协助组织剧团了。我觉得寂寞感摧毁了我，繁忙也在毁灭我。有时受人邀请，我总是踌躇后就拒绝了。干什么都无精打采的。

其间，发生了一件小事，令邦子的幸福出现了裂痕。

我有一个哥哥，比我大十岁，在关西的一所学校里当老师。一天，我接到嫂子的电报，要我火速去一趟。我猜肯定是发生了什么大事。以前电报基本都是以哥哥的名字发来的，这次却是用嫂子的名字，这一点颇为蹊跷。我带着隐约的不祥感，当天晚上就坐快车去了。

原来是哥哥与家中女仆阿藤关系暧昧，女仆做出一些无聊的事，在嫂子面前展示优越感。

“我不是出于嫉妒，你哥哥也说别因这件事而醋意大发。但是阿藤总在我面前举止傲慢，令我生气……再说了，这也不是为人师表的人应该干的事。在多喜子面前，我都感到害臊。因为这样的事，把你大老远地叫来，真是对不起。就是想求你好好劝一劝你哥哥。”

“有点不好办啊。我想哥哥会冲我大发脾气。我预感不妙，既不好意思给哥哥忠告，我也没有这个资格。我独身时就因为这种事给哥哥添了不少麻烦。”

“所以，你想当老好人吧。”

“有这个意思……我哥哥真的做了那样的事？”

“我当然没有当场看见，但肯定做过。总而言之，阿藤还恬不知耻地与我们生活在一起，叫我受不了。我要对你哥哥说的，不是问他与阿藤发生了什么样的关系，而是要求他马上将阿藤撵走。”

“哥哥不同意撵走阿藤吗？”

“是的。”

“多喜子知道这件事吗？”

“不好说。她大大咧咧的，也许还没察觉到。”

多喜子是哥哥的独生女，现在读女子学校三年级。哥哥非常喜欢她。

午后，哥哥学校里的工作结束，回家了。见我到来，他很意外，问道：“什么时候到的？为什么事来的？”很快，他得知了是嫂子将我叫来的。

嫂子央求我劝说哥哥，我却不便直接向哥哥提出忠告。

当天晚上，我把多喜子叫到了客厅。

“你知道叔叔为什么来吗？”

“……”多喜子不知如何回答为好，脸色绯红，看着旁侧。

“你好像知道啊。你对你爸什么也别说，只简单地要求你爸：‘请将阿藤撵走吧。’看看会怎么样。你爸大概不会问为什么，怎么样？明白我的意思不？”

我感到自己很胆怯，但唯有采取这种方法。

按照我的预想，事情就这样办成了。我对哥哥这样的纯朴坦率很有好感，觉得他到底不是一个傻瓜。

在归途的火车上，我思忖着怎么对邦子说这件事，很是困惑。在家中，面对担忧这些事的邦子，我不能闭口不谈。此事没必要隐瞒，但要谈这件事，就必须坦白我自己做过的事，这让我感到不痛快。因为这是过去的事，不应该令如今的邦子感到烦恼。

邦子生头一个孩子住院期间，我与漂亮的女仆之间发生了两三次不检点的事情。在邦子出院前，我就辞掉了女仆，没留下任何蛛丝马迹，现在我几乎已经忘记了这件事。如果讲哥哥的事，令邦子对此感到不快，进而同情嫂子——她肯定会很同情嫂子——那我对自己做过的事也无法做到若无其事。结婚之后，邦子一直坚信我在这方面完全是一个很检点的男人。我若说出那件事，令邦子失望，无疑是非常残酷的，自己也感觉寒碜。

坦白还是不坦白，我还没决定，就回到了家中。最终我还是坦白了。哥哥与自己身上流淌着相同的血，只供出一个人的事，隐瞒另一个人的事，我觉得这样非常不妥。

邦子听后大吃一惊。邦子一直将我们一家视为理想家庭的样板，如今她因为听了哥哥的事，顿感惊愕，又听了我的事，感觉自己宛如突然从悬崖之巅被推了下来。

“因为是过去的事了，还好一些，但真的令我很失望！此前我完全相信你。男人为什么是这样的呢？哥哥与你都是好人，为什么会做出那种事呢？世间好像褪色了。当年我在咖啡馆工作时，见过各种各样的男人，我认为那些男人都是畜生。当见到你时，我觉得与那帮男人比，你是另一个世界的人，所以很尊敬你，自然地也就爱上了你。我的想法到底对不对呀？……”

“行了，别说了！”我忍无可忍，这样说道，“那是你把我看得过高。我独身时代行为放纵，你不是很清楚嘛。那个时代我也是畜生群体里的一员。而且即便是现在，也难说不是那样。我说这话，不是为了转嫁责任，男人大体上都是那种畜生。区别仅仅表现在是散放的畜生，还是拴起来的畜生。极端地说来，那种畜生就是男人。”

“太过分了。以前从未听你说过这么残忍的话。这样一来，幸福的家庭岂不被搞得一塌糊涂吗？”邦子浑身哆嗦着叫喊道。

“说男人是畜生，也许有点过分。但对男人来说，第一要事是事业，第二才是爱女人，这是本能。

男人爱女人的方法，也许令女人感到男人带有兽性。男人一味遭到否定后，便愿意做出这样的解释。我当然不认为我做的事是好事，我感到非常对不起你。当我将此事仅仅作为我一个人的问题来看待时，我的良心没有受到太严厉的谴责。但我绝没有认为这样做挺好。说实在的，确实很坏。不过，这方面的良心已经习惯性地麻木了。”

“以前你没说过这件事，我是第一次听到。”

“那是因为没必要说。我觉得这不是什么值得自豪的事。”

“也就是说，你自己也认为这是坏事，对吧？”

“这个呀，也许是这样的。”

“既然已经认为是坏事了，那今后绝不再做那种事了吧？”

“我想这么表态。”

“你如果不明确地下决心，我没法放心。”

“恐怕不会再做那样的事了。再遇到那样的机会，我尽量注意约束自己。”

“你这种说法让我心里实在没有底。”

在这种情况下，为了邦子，我想明确地说“绝不做了”，然而，我觉得自己真实的内心在监视着我，“绝不做了”这句话，总觉得说不出口。

“行了，就到这种程度吧，你适应忍耐下吧。逼急了，我不知道还会说出什么话来。有句谚语说：‘老鼠逼急了，反倒会咬猫。’”

“你真是好可怕的老鼠啊。”

“在这个问题上，丈夫基本都是老鼠。”

在那种气氛中，二人竟然都不禁笑了起来。这件事对邦子的打击之沉重，超出了我的预想。我坦白了不该坦白的事，心里很后悔。事实上，我的坦白不会带来任何好结果，倒是最终导致邦子手捧的幸福美玉出现了裂痕。这种幸福是建在虚伪基础上的完美，女人能在多大程度上享受到建立在真实基础上的幸福，这是个问题，特别是像邦子这样的弱女子。

我如果能尽早察觉到这件事的严重性，或许不至于导致邦子自寻短见。我对这件事的认识极不认真。但我又觉得，我的坦白如果不至于导致邦子自杀的话，那么，我的坦白本身并不是什么坏事。

我的想法既太随便，又很坚定。邦子相信现在我没再干那种事。

平安无事的三四年过去了，我的事业陷入了停滞不前的状态。我莫名地毫无激情，无法激情涌动地全力以赴搞创作。有时对某个素材或者某个题目略感兴趣，然而一写起来，立即就感到乏味了。换言之，我的创作情趣实在无法持续下去。自然而然，我一味地懒惰起来。虽然如此，我偶尔心血来潮，写过一幕剧。写出后，一些对我有好感的读者一如既往地读了，并不断赞叹，我却一点也不高兴。

以前，在某一时期内，我也曾有过一个字也写不出来的体验。当时我很是严肃地对待此事，感到很烦闷，之后又能写出东西了。因为有过这样的体验，这一次我也很自负地认为会出现与以往相同的现象，没必要将暂时的现象视为人生永久的停滞，迟早会出现转机——我怀有这般不慌不忙的悠闲心情。上一次写作的间歇期，由于我还能比较认真地对待，因而又实实在在地萌出了积极的心情，我揣测这一次也许还会发生同样的事。我害怕发生家庭纠纷。然而我又认为，如果真的有某种意味的家庭纠纷暴风雨般刮到我身上时，尽管感到厌恶，我也会因此在创作领域东山再起。

某评论家从作品中洞察到了我这种心态，于文中写道："创作活动若因'好人的和平'而终止了，这是很糟糕的事。"对此评论，我深有同感。我将这个评论拿给邦子看，邦子说道："无论是'好人的和平'还是什么的'和平'，这个评论家不是在多管闲事吗？说家庭的和平会导致创作活动变得很糟糕，这个道理，我实在无法理解。"

我将自己的小事写成白描风格的一幕剧《好人的和平》，由某剧团搬上了舞台。一部分人看了，给予了好评。邦子风闻那个评论家的家庭总是鸡犬不宁，妻子之外还有情妇，而这个情妇之外还有其他情妇。

"评论家的意思不是让我破坏家庭的和平，而是忠告我不可因为过度退缩，将自己封闭在独善主义范围之内。你将评论家的观点理解为劝我搞婚外恋，这是过于想当然的主观式理解。"

"你说的不对。评论家确实有劝你搞婚外恋的意思。而且，你对他的观点还很有同感。"

“你净说浑话。人被别人一劝说，就对那样的事有同感，有这样的家伙吗？反正，在你看来，丈夫不搞婚外恋，孩子们都健康活泼，家里平安无事，这就是最圆满的生活。但是，若从男人的角度说，仅仅止于这样的生活，人生是不如意的。我是在这一点上对评论家的见地有同感。事实上，最近我感受不到激情与自在，被目前这种气氛笼罩着，完全束手无策。当然，我只能习惯性地发表枯燥无味的作品。评论家为了激励靠这种作品搪塞过关的我，才发表了那样一篇评论。与劝说搞婚外恋之类的事，意味完全不同。但是你因此而胡思乱想，真叫人无可奈何。就连我表示同感的意思，你也做出那样的解释，实在太粗暴了。”

“你常说事业方面的事，我们的家庭条件这么好，你为什么写不出好作品呢？这一点我不明白。孩子们都结结实实的，家庭和谐，没有后顾之忧，我认为这是干事业的最佳状态呀。孩子有点感冒了，你立刻就无法全神贯注地写作，你确实是这种性格。我觉得只有家庭的和平遭到了破坏，才会令你无法干事业。”

“这一点你说的也对。如果有后顾之忧，我马上就没法写作。确实如此。但我说的是另一种事让我很困窘。你认为目前家庭状态好得实在无可挑剔。你发牢骚，心里不痛快，认为我有什么非分之想。如果让我说，我觉得多年来一直平稳无事的家庭就像水蜜桃的蒂部已经开始腐烂了。这是因为我自身的生活状态不好。——也就是说，我的心术不好。此事与你无关，我一想设法多少改造一下自己的生活状态，你立刻就会说三道四，说我过于奢侈，将我的想法理解为想寻求其他快乐。于是，我们便话不投机了。你说的事与我想的事完全不相关。”

“相不相关，我不知道。你以前有过那种事，再一有风吹草动，我自然就会往那方面联想。我明知道这是个毛病，却没有办法。”

“你将幸运与不幸全都归结到这个问题上，作为女人是理所当然的，但旁观者会觉得你的这种想法很危险。”

“怎么危险啊？只要你生活检点，我就没有任何担心的了。所谓危险的事，就是我对你说的事。你有非分之想——不知什么时候，这种非分之想就会陷我于不幸——所以，你才说出了那样的事。我虽然是个傻瓜，但对那种事，我大致还是心里有数的。”

邦子很亢奋，一反常态地说着强硬的话。我因受到猜疑，感到很生气。

“你冷静点。你说的事，简直好像在对假想敌进行实弹射击，实在无聊。我虽然不会上钩，但你一点也不理解我的心情，如果总是没完没了地说这样的话，我会发怒的。”

我没想发脾气，但我的语气自然地显得粗蛮了。邦子平静下来，突然神情呆呆的，一声不吭了。

次日清晨，邦子来到我的床边，就昨夜欠妥的话频繁道歉。

“明白了。我也没往心里去。”

“都是我疑心重，胡思乱想。之所以这样，是因为我以前的境遇很糟。昨晚躺下来后仔细一想，觉得实在很对不起你。我悄悄地过来看了一眼，你睡得挺香，就没打扰你。但我一直耿耿于怀，昨天夜里觉也没睡好。”

“真是个傻瓜。往后对一切事情，心要宽一些。

因为我就是个心思粗放的人。”

“该心宽的时候心宽，对那种事我不能心宽，这是我的坏习惯。另外，我已习惯了相当恶劣的境遇，再恶劣我也能忍耐。但一想到自己现在是无比幸福的人，在这种幸福环境里，如果发生了稍感讨厌的事，就变得非常难以忍耐。事实上，这是我的任性所致。我讨厌模棱两可的话。”

“说真的，你的品质不坏。我只是觉得你的想法以偏概全，令我心里不安宁。”

“这一点我一清二楚。这是我的最大弱点吗？我什么都相信你，应该无忧无虑地生活，对吧？”

“能这样最好。”

“那么，今后我就放心地过日子，绝不再胡思乱想了。我就认为自己是世界上最幸福的人。你也绝不做令我担心的事——咱们就这样约定吧。”

交谈的结果又是旧态复萌。太麻烦了，我只好随声附和起来。

第三个孩子降生了，我依旧过着平稳而无聊的日子。我心里十分清楚，自己的生活质量很差，又无处追究责任，很自然地，我就对邦子说出了蛮不讲理的话："你想把我当家畜养吗？"

"哎哟，你这是怎么了？"

"至少，你是想把我当成家畜看待吧？"

"这种奇怪的事，你怎么能想得出来呢？"

"吉泽的父亲对吉泽没有其他期待，只想把吉泽培养成能稳妥地守住家产的人。对此，你常常批判。然而，你对我的期待，难道不是与吉泽父亲的想法一模一样吗？你对钱看得很淡，但这是与家庭幸福交换的结果。为了将一个人训练成对自己有利，想抽掉他的骨架，从这种心态上讲，你与吉泽父亲的想法是完全相同的。"

我的这种诬赖其实很可笑。

"那么，你觉得你因为我，骨架被抽掉了吗？"

"嗯，我觉得自己的后背都逐渐有点开始腐烂了。"

"那是你的脊椎骨疽导致的。"邦子笑了。

"所以，若不早早治疗，后果十分可怕。现在治疗还来得及，因此，我很着急。"

"照你这么说，我相当于病菌了。"

“绝对是。‘川柳’[1]有云：‘隔壁房间，以毒煎药。’”

“这是什么意思？”

“你不明白更好。”

我的语言表达经常会出现两种结果，表达巧妙时，会终止于这样的笑谈；复杂纠缠起来，最后我便束手无策了。

我继续过着平稳无事的日子。然而若从心情方面讲，绝非真正的平稳无事。我的心俨如陷入烂泥潭中，无论怎么挣扎，也找不到类似脚手架那样的东西，以致我无法逃离。一切都令我感到腻烦，无可奈何。

我孵化金鱼卵，养小鸟，冬天身穿无袖不带翻领的短外衣，弯着腰，坐在阳光充足的套廊里，修补纸拉门的破损处，或者造农家肥，将大丽花与菊花栽入花坛里——这一切，令我活像一个隐居的老爷子。

我从孩童时代就喜欢书法，经常有人来求我写字，我便会轻松地用半裁纸或彩色纸给人家写墨笔

① 江户时代诞生的杂俳之一，口语化，讽刺性强。

字。然而最近纵然没人来求我写字，我也时常铺开毛毡，垫在纸下面，然后执毛笔写字。这样的日子持续了五六年。我自己觉得，与其说我是个剧作家，倒不如说我成了书法家，也许更准确。

邦子常说，将来绝对不让女儿当文学家。对此，我也有同感。我不认为文学家都是像我这样的人，但作为文学家，若存有像我这样的心态，确实会是家中的危险人物。“文学如果能令我成长，我便不弃文学”，我抱着如此心情，自然而然地开始渴望着异常的事情。虽然此前我说过漂亮话，但我仍心怀一个空想：将来我或许会经历一场令自己神魂颠倒的恋爱。

我在写女人时，总是只能浮想出一个女人。一部戏里有时需要三四个女人登场，但最终写得栩栩如生的，仅有一个。这个女人是在我写的所有戏剧里登场的女主人公，对于作品中的这个女人，我已经腻烦了。换言之，作为一个剧作家，仅仅熟悉一个女人，这甚至让我感到怒火中烧。事实上，除了邦子，我实在想象不出其他女性的整体形象——世间有如此可悲的剧作家吗？我时常感到自己很可悲。

这里，我想重点思考一下自己究竟属于哪种类型的作家。

距今二十几年前，岛崎藤村在创作小说《破戒》期间，有文章写道：岛崎藤村决心无论付出何种牺牲，也要完成这部作品。他尽量节衣缩食，家人都营养不良，几个女儿一个接一个地死了。读到此处，我怒不可遏。很难断言《破戒》是一部与几个女儿生命等价的作品。几个女儿皆因《破戒》死了，这是一个非常残酷的事件。我认为，《破戒》问世与否，岂能与这个残酷事件相等。

然而，人们在看待我时，一定会认为，在道理上，我与岛崎藤村一模一样。人们会说："像你这样的剧作家，什么只能写一个女人啦，不只能写一个女人啦，这种事对我们来说都不算什么。与此相比，更重要的是，希望你从事创作时，可以不令那个女人感到丝毫的不幸。你孵化金鱼不也挺好的嘛。让大丽花漂亮地绽开，也是一件好事。事到如今，即便你在创作方面不狠下功夫了，也还会有年轻有为的剧作家不断涌现，从事戏剧创作。你就此衰朽下去，人们也不会认为有什么损失……"

我若是第三者，或许也会这么说。然而一旦轮到自己的事，我就很难有这样的想法。像我这样素质的剧作家，在任何时代都不会轻易出现。我讨厌“天才”这个词，但如果说被筛选出来的具备罕见才能的人就是天才，那么，我正是这样的一个人。我的才气还远远没有发挥出来。我若就此隐退，那么，可以给这个世界带来光明的作品就被永远葬送了。我不应该过这种生活，这是令我倒霉的生活。——我这样认为。

最近，“艺术至上主义”似乎不流行了，但以前的文学家都看重这个理念。岛崎藤村的《破戒》就是看重艺术至上主义的。男人执着于事业，正是因为有这样的心情，依靠如此心情，人类才会进步。可以说，是这种心情在促进人类的进步。

我是一个什么样的剧作家，我到底也没弄明白。但我知道我的心情正是这样。我的这种心情，在四五年来平稳无事的生活中，不知变化到何种程度了——我已经沦落到这种程度了。目前的生活如果持续下去，我最后必会沦为无为无能的一介市井之人。纵然如此，对我或许也是一种幸福。邦子死后，我这样痛切地深思过。

时隔很久，我的作品——我的一篇快忘记了的旧作，被某剧团搬上了舞台。我对剧团说道："既然排演我写的剧，希望能排演我比较有自信的剧本。"但因演员阵营，剧团说什么也要排演旧作。我迫于无奈，只有同意了。我以读别人作品那样的心情，反复阅读自己的旧作，觉得非常幼稚，有的地方不值一读，但有的地方我又觉得趣味盎然，有现在的我无论如何也写不出的韵味。因此，我觉得，对事业由衷地感兴趣真是一件值得庆幸的事。如今的我已经对事业萌不出兴致了。无论干什么，立刻就会感到枯燥无味，无法向前推进。而那篇旧作，主题也好，技巧也罢，都极其幼稚，但因作者郑重其事地对待创作，而成了非凡的杰作。说滑稽，倒也确实滑稽，如今我失去了那种心情，回眸往昔，我生出了怀旧的情绪。

剧团开始排演，当然频频邀我前去指导。我实在不愿前往，一直没去。该剧开演前两三天的一个晚上，我突然接受了女演员浅间雪子的来访。女演员谈了自己对角色的想法，我没提出什么特别的观点。

“剧中的那个女主人公是一个极单纯的女人，在日本，那种类型的女人最多。你们当中没有那种女人吧？那种女人已经成为上世纪的遗物了。”我说道。

“……”女演员耸了耸肩，笑了。

“在你们看来，那种女人好像古董吧？所以，男主人公也同样好似古董圈内的人……”

“主人公原型是先生您本人吧？”

“不是，我不是那种人。”

“不对吧。笹山君是以先生您为原型，扮演男主人公的。”

“真是恶作剧。反正我不去看，剧中的无聊内容，不演出来最好。”

“这未必是恶作剧。某些地方是有根据的。主人公很任性，而且首要特征是他的台词里有先生您的语言习惯。见到您后，我感觉就是这样的。”

“作者是在创作讽刺画，这是一个不好的趣味。事到如今，我也无法阻止演出了。今后若知道排演我的剧本，我必须附加一个条件，即不可演出我认为无聊的内容。”

“那么，我就不自由了。”

“为什么呀？……”

“有些地方我会感到不自由。”

“此话怎讲？你说给我听听。”

“说实话，我是来拜访先生夫人的。”

“啊，是吗？”我笑了，“这愈发说明我的创作中含有不良趣味了，此刻她正在哄孩子睡觉。若是关于剧里的事，我不能让她来这里。”

“哎哟，这可不好办了。那么……”

“她是个异常任性的人。”

“拜访片刻即可。听说夫人是一位闭月羞花般的美人……”

“哈哈哈哈……”

“哎，先生，拜托。”浅间雪子流露出撒娇般的神色，这样说道。

“那么，你的父母都健康吗？”

“不健康。”

“你的叔母怎么样？”

“叔母？我共有三个叔母。”

“那么，你就以叔母为原型吧。这样就可以了。”

“哎哟，这样也太残忍了。”

“你就以你的叔母为原型，扮演我写的剧中女人，完全可以的——就是有点对不起你叔母了……”

“那么，我为什么不能拜访夫人呢？”女演员执拗地问道。

“你真是个傻瓜。若说有一个女演员对她很感兴趣，想见见她，她倒是会默默地出来。但你如果为了了解剧中女主人公而拜访她，她是绝不会出来的。”

“这么说，夫人还不知道剧情吗？”

“我老婆就在走廊那边的房间里，咱俩说话，她全能听见。”

“哎哟，这可不好啊。先生您真坏。”女演员大声笑了起来。我揣测，邦子此刻一定是神色不悦吧？听见我与青春年少的女子愉快地笑谈，她肯定感到很痛苦吧？想到这里，我有些不好意思，甚至感到后悔，与女演员谈话，一开始我就应该保持严肃的态度。

我陷入沉默，女演员好像打消了要拜访邦子的念头，问起这件事："先生为什么一次也不来看我们排演呢？"

"因为我一看排演，就会感到不愉快。"

"……先生是担心我们的表演水平吧？"

"也有这方面的原因，与此相比，更重要的是我觉得剧本写得没意思。"

"我觉得剧本写得很棒啊。"

"对那种水平的剧本，你都感到佩服，我真拿你没有办法。"

"哎，即便是先生这么想，我还是认为剧本写得非常棒！"

女演员力劝我翌日去观看舞台排演，由于想见邦子未能如愿，她希望我至少能答应此事。

"几点开始排演？"

"十点开始。"

"是上午吧？"

"是的。"

"那我会在排演之前到场。"

"请务必光临，谢谢！"

“不必客气。”

女演员突然低声对我说：“希望先生能与夫人联袂光临。”她眼神中流露出恶作剧似的意味，略微吐出了舌尖。

不一会儿，女演员坐上等候在门口的人力车，归去了。

我如果是个小说家，可以将我与女演员此后的关系详细地写成作品。即便不是小说家，或许也能写出来。然而我对此没什么兴趣，也没有想写的动力。总而言之，之后一段时间里，我迷上了那个女演员。

浅间雪子并不爱我，既然如此，她为何那般积极地接近我呢？这是因为通过与我的关系，可以提高她在社会上的知名度。另一个原因是，迄今与浅间雪子同居的、比她岁数小的男青年，与她一刀两断了。二人几个月里欠下的债务与房租都由我给还清了。在此之前，二人因共同欠下的债务而吵架。每日虽然吵架，却依然同居。

男青年离开了。有一天，我去她家看了一下，室内乱七八糟的，令人难以相信是人住的地方。可用的物件一件也没有。火盆里装满了烟蒂、果皮、海报、削铅笔产生的木屑、咖啡杯的碎碴——简直与垃圾堆没什么两样。要说被褥，天鹅绒被没有被罩，极脏，只有一套被褥，用毛巾卷着两头扎紧的枕头已经开线，荞麦皮都冒出来了。灯罩破损不堪，榻榻米上留下了被烧过的痕迹，正使用的食器全都脏得太不像话了。

“这样的地方，你也真能住下来啊。”

“是的。所以，我不能总在家里待着。”

“理所当然。我觉得可以把这个地方叫老鼠窝，狐狸妖怪都可以住在这里。”

“有跳蚤，实在受不了。”

“那么，你这个家今后准备怎么处理？”

“我想一把火将它烧掉。”

“别开玩笑了。”

我想从昏暗的走廊走向阳台，途中踢飞了一个什么东西。这个东西叽里咕噜滚动着，滚进了门恰巧大开着的厕所。

“我踢飞的是什么东西？”

“先生把什么东西踢跑了？”

“我也不知道。滚进厕所里了。”

浅间雪子站了起来，进了厕所。

“哎哟，是我的帽子呀。”

我哈哈大笑：“这样可就再不能戴了。”

“我刚买的呀，真讨厌。”

浅间雪子一边说着，一边从牵牛花下面阴暗的潮乎乎的地方捡起了帽子。闻起来有点臭。“日光消毒。”浅间雪子说着，将帽子挂在朝阳的树枝上了。

“看你那大惊小怪舍不得的样子，喂，干脆把这顶帽子烧掉算了！太脏了。”

“不。这个帽子我戴着最合适。”

约半年过后，我想起了此事，深深地感觉浅间雪子确实戴那顶帽子最合适。说实在的，开始交往时，我就熟知浅间雪子的生活状况，在此基础上，我成了雪子生活的“财源”。

雪子的剧团去外地演出时，她总想叫我与她同行。我一次也没答应。我很怕这种关系被邦子知道。幸亏我周围的人都没发觉此事。我在报纸演艺专栏发表杂谈文章时，很是小心谨慎。因此，三四个月里，关于我与浅间雪子的关系，邦子一无所知。

然而，某日报纸的社会杂事栏上报道了我与浅间雪子的桃色新闻，还配了照片。在浅间雪子看来，此事令她完全达到了前述的两个目的。我却顿时感到非常窘迫。邦子好像还没看到这则报道，我马上将报纸拿到书斋里藏了起来。这样做大概就可以了。报纸上登载一次后，理当不会再登这种无聊之事，也不会有混蛋记者专门跑来，听妻子发表感想。我暂且放下心来，一整天在邦子面前抬不起头，心情非常郁闷。

然而，翌日女仆从附近的人那里听到了这个消息，告诉了邦子，我的一切努力都化为泡沫了。

我这样的人与浅间雪子那样的末流女演员的关系不过是些小事，报纸为什么报道了呢？我感到匪夷所思。然而，这件小事被报道后，对我造成的后果是严重的，邦子会因此付出异常的牺牲。最近，在一位诗人出国的前一天，晚报报道了诗人与不良少女之间的暧昧关系。这个不良少女或许比浅间雪子更甚。当我读到诗人与不良少女的关系时，虽然是别人的事，我却异常愤怒。诗人第二天就出国，报社专门选在出发的前一天报道此事，如此残忍的用意令我感到不快。这种报道会在诗人的家庭与朋友圈内引发什么结果，是不难揣测的。如果必须报道，为何不在诗人出国之后报道呢？想到在诗人出发的同时报道见报，报社记者因而得意洋洋的样子，我痛感“混蛋，不可救药”。那位诗人做的事，与我和浅间雪子的关系一样，都不是应该赞美的。但是涉事的女子并非良家女子。我与诗人都不是在玩弄什么纯洁少女，这两个女子与私娼可谓五十步笑百步。与此相比，报社记者专选诗人出国的前一天发表，是因为记者觉得在多种意味上，选这个日子效果最好。我觉得这种行为不知有多么可恨。暂别妻子远赴国外的人，心情因此遭到了残酷的摧残。

我听说诗人出发之日，因为送别的话把眼睛都哭肿了。这个诗人平时一哭就哭到眼睛红肿，我并不在意这个，但总而言之，对诗人的灾难，我表示同情。然而不久后，这个诗人从俄罗斯发来通讯，登载于打击他的那家晚报上，又令我感到难以置信。

此事暂且撇开，来说我家的事。报端登载了关于我的报道后，我满不在乎。浅间雪子只是口头说感到困惑，心里却久盼着如此结局，好像十分高兴。像浅间雪子这样档次的女演员，若不发生些桃色新闻，那么，无论从演艺方面还是从容貌方面，都不是一个能引人注目的女子。因为绯闻，我也好像有了名气，但至少因二十余年的笔耕，我的名气比默默无闻的浅间雪子要大得多。在浅间雪子看来，只要将自己的名字与我的名字结合起来，就达到了她的目的。无论是获得恶评，还是传为笑柄，只要能因此宣传自己，就心满意足了。这样一来，无论怎么说，最倒霉的就是邦子了。

“现在我什么也不说了。我只是觉得，从前的所有事情都好像大梦一场。我以前相信的事情都不是真实的。想到这里，我觉得唯有我好像是一个边缘人，感到非常寂寞。总之，我纯是个傻瓜。我兀自将事情想象得很美好，并且信以为真。我痛切地感到自己是一个蠢货。”邦子这样说道。

“你无论面对什么，都只想这一个问题，叫我也没办法。按照你的说法，世上好像完全没有真实的东西了……”

“你听我说，你的意思我基本明白了，这就可以了。像我这样无论什么事都根据一点去推断其他的思路是危险的，这件事之外，确实还有其他事是真实的——这个道理我也懂。但是就我个人而言，我实在做不到将那件事与这件事区分开来思考。你聪明，我愚蠢，一听你的花言巧语，我就肯定被你蒙住了。但是说实话，我过后就觉得自己总是受你愚弄欺骗。我本来觉得你比谁都更伟大，对这样的你，我讨厌自己有那种想法，尽管如此，我还是有那种想法——我不知道自己究竟该怎么做才好。好像唯有我是个另类的人，这样一想，我寂寞得很，实在没办法。”

“你这么一说，我再没有什么可说的了。”

“这次风流事，我不知道结果会如何。但我一想到这种事今后可能还会不断发生，便觉得前途一片漆黑。”

“我也有我的解释。但令你产生那种心情，确实是我的过错。在你面前说这种话，有点奇怪，在我看来，从一开始，我就只将浅间雪子这个女子视为铅，一个已经拥有了金或银的男人，为何还想要得到铅呢？如此心理实在难以解释。你如果不相信我，我就无法摆脱困境。你如果是银，那么，我一开始就认定浅间雪子充其量只能是铅。我承认自己做的事很坏，同时也希望你相信，我一开始对浅间雪子就只怀有那种程度的心情。”

“那么，你和那个女演员的事，今后打算怎么处理？”

“一刀两断。只要绯闻见报了，从女演员的角度说，她就达到目的了。”

“你是怎样的心情？”

“这个嘛。”

“到底是怎样的心情啊？”

“说心里话，或许多少还有点留恋。但分手不会给我造成太大的痛苦。”

“多少感到痛苦吧？”

“说不清楚。不到那个时刻，就无法知道。”

“那么，也许分不开吧？”

“不，分手是肯定的。你是要确认我的心情，才说出这样的话来的吧。”

“你如果总是留恋那个女演员，那该怎么办啊？”

“绝对不会的。顶多在分手时多少会有点留恋。”

与和邦子交谈时相比，我独自思考时，想法会发生莫名其妙的变化，对此，我感到难以理解。针对我与浅间雪子的关系，我独自思考时，觉得没有什么大不了的。然而一和邦子谈到浅间雪子，我立刻就觉得这是个令我感到非常郁闷的难题。平心而论，感到郁闷乃是理所当然。然而，令我觉得不可思议的是，针对同一件事，我在不同情况下进行思考，为什么会产生两种心情。之后不久，我与浅间雪子分手了，我给了她一年的生活费，事情就这样结束了。

写这种事，本当有所顾忌，毕竟对我来说是一件丢人的丑事。然而，因为我与浅间雪子的风流关系，我感受到了一种勃勃生气。最近四五年里，无论如何挣扎，我也没能跳出泥淖。但与雪子交往后，一时之间突然出现了脚手架一般，我踏着它摆脱了泥淖，这是事实。我终于得以将精神投注于事业，对创作产生了兴趣。总体说来，此前我处于被封闭的生活中，与浅间雪子交往后，我从这种生活中解放出来了，终于又返回了自己的事业领域。我抓住时机，决心开始写一部构思已久的大部头戏剧。

这部戏是古典戏，名曰《筑山殿[①]》。仅仅调查史实一项，就殊甚不易。《筑山殿》的史实即使不加虚构，也是大有看头的作品。筑山殿与淀君[②]相比，没有后者奢华，但筑山殿这个女人给人以更阴险的感觉。筑山殿对儿子德川信康所谓的“信康事件”[③]产生了强烈刺激，如果能巧妙描写筑山殿的病态性格，肯定会很有意思。酒井忠次[④]与德川信康的私怨，德川家康对德川信康的挚爱，丰臣秀吉与德川家康的关系，筑山殿勾结武田胜赖之事，以

---

① 筑山殿（1542—1579）原名鹤姬，德川家康的正室。与德川家康生有一儿（德川信康）一女。“桶狭间之战”（1560）后，随夫进三河的冈崎，住在筑山，故名筑山殿。因织田信长怀疑她与敌方的武田胜赖内外勾结，她被德川家康处以极刑。

② 淀君（1567？—1615）是丰臣秀吉的侧室，后与儿子丰臣秀赖自杀，丰臣政权灭亡。

③ 德川信康（1559—1579），死后被贬称为“松平信康”，德川家康的长子，娶织田信长的女儿织田氏德姬为妻，任冈崎城主。德姬针对德川信康与筑山殿罗列十二条罪状，上报其父。于是其父怀疑筑山殿母子勾结武田胜赖。最后德川信康遵父命切腹自杀。史学家认为，筑山殿母子勾结武田胜赖的证据不足，此事件很可能是一起冤案。

④ 酒井忠次（1527—1596），德川家康的重臣。织田信长责令酒井忠次调查“信康事件”的真伪，据说酒井忠次未能秉公上报，导致筑山殿与儿子双亡。

及中国医生减敬这个人物，若能将这些人物组合起来，将情节巧妙地结合为一体，虽不能说是“新感觉戏剧”，但作为成套的大戏，似乎会张力十足。

我现在想干一桩可以认为是“名副其实”的大事业。我全神贯注地投入其中，如此劲头实在是近年罕见的。

出乎意料的，我很快就忘记了浅间雪子。仅仅在一个月前，我还对她无日不思。如今我只觉得她已经完全成为过去式了。不仅仅是浅间雪子，对邦子，对孩子们，我都变得冷淡起来。我认为这是好事，但同时又觉得邦子与孩子们很可怜。对金鱼，对小鸟，对大丽花，我的心都变得非常遥远了。我从清晨入书斋，午后稍微散步，再入书斋，直到夜里睡觉前，我一直待在书斋里，唯有吃饭时才与家人聚在一起。但吃饭时我的心情绝非愉快，孩子们一闹，我就发火怒斥。邦子因家务事来与我商量，我也生气不答。

我不断地陷入兴奋的情绪，特别是在写德川信康的时候，我感到有一种异样的焦躁狂暴的心情附在德川信康的身上。于是德川信康认为舞者跳得不好，遂拈弓搭箭，射死了舞者；打猎时遇见和尚，认为今日打猎不如意全是因为这个和尚，便用绳索套住和尚的脖子，将绳索绑在马身上，拖死了和尚。如此种种，连我自己都变得有点怪异了。我时常因疲劳陷入亢奋状态。

邦子因“雪子事件”就已经被搞得很吃不消，紧接着又因我走火入魔般的创作状态，似乎有些难以忍受了。她每日神色寂寞，尽管如此，还战战兢兢地注意不让孩子们打扰我的写作活动。邦子很可怜。有时看她那无精打采的样子，我感到有些来气。

“你能不能再开朗些啊？我搞创作搞得兴奋，你没必要因此整天提心吊胆的。家里的空气阴郁得令人不快。如今我的心情变得积极了，你却变得拘谨萎缩起来，真是太可笑了。你应该打起精神来，尽管我要求家里安静，却也不必把家里搞得成天死气沉沉的呀。”

“我现在一点自信也没有了。我说这话也许又会挨你的训。但如何管好家里的事，我心里一点数也没有了。我觉得以前全家是一个整体，然而最近我觉得你是你，我是我，孩子们是孩子们，家莫名变得零散了，令我感到寂寞至极。这是怎么一回事啊？难道是我染上了神经衰弱症了？”

“我好不容易来了精神，你却说这种话，叫我很为难啊。我不能纠缠在这样的事上。我是我，你是你，这不挺好的嘛。我埋头事业，你不和我保持一致，可以不受我影响，这是理所当然的。你就一如既往，该怎么样还怎么样，这样最好。你如果因为我而变得萎靡不振，这样一来，因为创作正处于兴奋状态的我也会感到生气。”

“你全心全意地投入事业，我非常高兴。如果没有以前那些事就好了。以前那些烦心事直到现在还是令我有点沮丧。我们二人的心情如果能同时都彻底变好，那就最好了。但我总觉得阴影还没彻底消散……”

“就我们俩而言，你有了理想的心情，对你来说，也许是一件好事，但你的理想心情现在却令我很伤脑筋。你为什么不能让我独立存在呢？你的心情总想与我的心情完全捆绑在一起，其实这样做，一点益处也没有。尽管是夫妇，也不能因此就无论什么事，二人都必须永远捆绑在一起。当年日本人航海遥赴美国时，胜海舟[①]对家里人说道：‘我去为赴美的日本人送行，一会儿就回来。’然而他竟然随船去了美国。此举并非胜海舟心血来潮，他本就是带着遥赴美国的心情离家的。在那个时代，航海赴美是舍生忘死的危险事业，却也是值得投入的事业。眼下我正在兴致勃勃地投入事业，希望你别干扰我的心情。你的絮絮叨叨真是令我受不了。”

“这么说来，对你的事业，我是一种干扰？”

“是的。与其说你对我的事业构成一种干扰，不如说你的心情莫名其妙地胡乱纠缠着我的心情，这一点对我构成了干扰。你的心情为什么总要纠缠干扰我干事业的心情呢，真闹不明白。”

“对于你的事业，今后我打算割断关系。”

“即便‘打算’，也与我相关。你应该做到毫不关心我的事业，然后自己怀着轻松快乐的心情面对生活。你唯有这样，我才能从容不迫地埋头于我的事业。可现在你的心情总在纠缠我的心情，叫我焦

① 胜海舟（1823—1899），幕府末期至明治时代的政治家，1860年作为幕府特派使节，赴美进行外交活动。

虑得受不了啊。”

“无论如何，我也不明白你说的意思。我一点也没感觉到我的心情在纠缠你干事业的心情，但经你这么一说，我觉得确实是这么回事。根据最近我闷闷不乐的心情来看，你的说法也许是正确的。但是，我该如何是好呢？纵然我明白了这个道理，但能否做到，我也毫无自信。”

“又开始絮叨了。你就是你，你可以随心所欲。我就是我，我若纠缠于你的心情，我会感到不悦。如果情况更严重，我就干脆一个人去什么地方独自写作好了。我虽然不是胜海舟，但说不定也会假称出去散步，就直接外出半年或一年也未可知。那样也挺好的。”

我眼神凌厉地正视着邦子，很没耐心地说道。我确实认为一人外出独自创作也挺好的。

“……”邦子的脸色略呈苍白，凝视着我的脸说道，“你的话，我怎么也弄不明白，好像明白了，实际上却没明白。”

“如果不明白，不明白也挺好。”

这次交谈五六天后的一个夜里，邦子依旧一副失落寂寞的模样，神情显得比以前沉稳了一些，我尽量避免与她进行心情方面的交流。当天晚上我在二楼书斋工作，知道楼下客厅里邦子没睡着，她不时起来如厕，拉开壁橱，去厨房。已经半夜两点了，她到底想干什么呢？我虽然好奇，却没吱声。接着，楼下安静了，我以为她睡着了。不知过了多长时间，我突然听见有人脚踩楼梯咯吱咯吱的响声，知道这是邦子蹑手蹑脚在上楼。她如果又来絮叨此前的话，我可受不了，因此故意大声问道："谁？"没有回答。她继续咯吱咯吱踩着楼梯上来。我默默地继续写作。邦子拉开隔扇，我头也没回。

"现在我不想说话。"说着，我看向邦子。邦子将隔扇拉开了约一尺宽，两手扶着隔扇，站在那里。一望她的脸，我大吃一惊。死相——邦子的脸色完全不像正常人的脸色，她嘴角下垂，眯缝眼睛看着我，视线的焦点很不稳定。我感觉邦子做了无可挽回的事情。我站起来向她走去。邦子像要倒下去似的，从隔扇中间突然扑在我的身上。

"你干了傻事了吧！"我感到激动、生气，浑身颤抖。

邦子闭着眼睛，全身扑缠在我的身上。我站不住了，便抱着邦子坐着。邦子出现两三次要呕吐的样子。

“你吞了什么了？你吞了什么了？”

邦子紧贴在我的怀中，吐着什么。我用力将她推开，发现她吐出的东西里混杂着升汞的结晶。邦子用力搂着我的腰，我扒开她的手臂，走下二楼，喊醒了女仆，派其中一个去请医生，让她告诉医生：邦子吞了升汞的结晶，吐出了两块，不知一共吞了几块，状态很不好。

我返回二楼时，邦子脸色铁青，身体左右蠕动着，嘴里念叨着什么。

“邦子！邦子！”我感到邦子已经没救了。我喊女仆，要给邦子喝水，但她已经不行了。

邦子遭了不少罪。医生赶来了，正准备给邦子洗胃时，邦子终于停止了呼吸。

《文艺春秋》昭和二年（1927）十月号至十一月号

丰年虫

我来到信州户仓温泉已经七天了。此前我与家人逗留在浅间山附近的千泷，正在写的小说尚未完成，所以我让老婆孩子去东京的父母家，自己一人来到户仓，继续写小说。此前与家人在一起，热热闹闹的，如今突然独身一人，这种寂静变成了无聊，反倒令我觉得时间过剩得简直难以打发了。

写作累了，我就泡温泉，然后躺着读书。不然，我就独自去散步。散步时沿着千曲川生长着刺槐的河堤，一直走到上山田[①]。然后从温泉旅馆鳞次栉比的街道走回户仓。时间不到二十分钟，回来之后，

① 位于长野县北部长野盆地南端。上山田沿着清流千曲川，形成“户仓上山田温泉街”，参拜善光寺的善男信女多来此泡温泉。

并没有散过步的感觉。

有时，上山田公园内的运动场上会举行小学教师的棒球比赛。我沐浴着初秋午后火热的阳光，一直观看到比赛结束。选手从二十岁到三十二三岁，有打得很棒的，有打得极次的，观众们与其说来看棒球比赛，倒不如说是来享受杂谈之乐的，大家非常轻松愉快，其乐融融。

击球员站着，接球员决定外场位置。击球员聚精会神端好了架势，端的时间过长，就呆呆地看着接球员，说道："喂，你再沉静一些，别分散注意力。"

三垒手把裁判员与投手搞错了，为了返球，球滚入本垒与一垒之间的沟里了。一垒的跑垒员因此得以顺畅返回本垒，获得分数。

这时，接球员不知已经是两人出局，他接受三次空棒后，向摘下手套、光着手的二垒手投去直球，令对方狼狈不堪。如此这般，笑料迭出，逗得观众哈哈大笑。

笑声与废话恰到好处地交杂在一起，乐趣超过了看比赛本身，给人感觉是运动员在享受着这样的游戏。这种明快的气氛令观众的心情与运动员的心情融为一体。

某日，县议会议员来到隔壁房间住了一夜。长野那边给县议会议员打来了电话，议员这边也向长野打电话，忙得不亦乐乎。翌日，从清晨就有来客，中午两个人共进午餐时，出现如下对谈。

“是××××吧。”

“哎？”这是县议会议员的声音。

“是××××吧。”来客又重复了一遍。

“啊。”这一次县议会议员明白意思了，这时他想必点了点头。

“那件事，无论如何，×××不干是不行的。持这种说法的人挺多。”

“啊。”

随之，二人立刻默默无语了。不一会儿，又开始交谈。

“他是个什么样的人啊？”这是来客的声音。

“哟。”

“……”

“哟，是个什么样的人呢？”县议会议员不得要领，不知不觉地转换了话题。对邻室里百无聊赖的我而言，这种电话交谈还挺有趣的。

散步时，我若不走往上山田方向，就走往与之相反的村落方向，也有点意思。灌溉用的水渠在横跨千曲川上的细长桥头分流。走下河堤，有山椒树，果实累累，呈现海虾般的茶色。我不畏劳苦，拿着锯截断一根树枝带了回来，给旅馆的老者看，老者说这是不能吃的山椒。尽管不能吃，但颜色美不可言，将其养在罐中欣赏，感觉也挺不错。于是，我按照自己的喜好，将山椒枝摆在客房里。但枝头的果实在房间里落得到处都是，最后简直不成样子了。

更级神社[①]坐落在巨大的苍松与杉树构成的森林绿荫里。神社宽阔的境内，缘廊极宽敞，正殿巍然高耸，距正殿十五六米的拜殿比正殿还高大。

这是一个宁静的黄昏，正殿左侧卖护身符的地方，一位蓄着络腮胡子像是神官的老人与另一位老人面对面用烟袋吸着烟。我边望着二位老人边走

① “更级”是长野县北部旧郡名。“更级神社”坐落在今千曲市若宫二番地。

路，老人们也默默地望着我。森林中从南往北，仅有一条笔直的路，路意外地全被树枝遮掩着。薄阴中生长着一片三尺高的茂盛的荨麻草。虽然未达到浓雾的程度，但树冠为水蒸气所笼罩，望去朦朦胧胧的。眼前的一切都是灰色的，俨然是梦中景色。吸烟的两位老人也非常像梦中的人物了。我心中一边这样想着，一边走了二十米左右，这时我突然感到背后响起了怒吼一般的话语声，顿时大吃一惊，停住了脚步。

“今年神社的祭祀……”原来是在说这样的事情。适才一直一声不吭的两个老人终于开始说话了。话语声在广阔的森林里回荡，整座森林的枝叶恰好构成了一座巨大的半圆形屋顶。

就这样，不写作时，我就成了一个彻头彻尾的闲人。来到这里第七天的午后，与发表在上个月杂志上的作品加在一起共七十页稿纸的作品，终于完成了。我怀着如释重负的心情，痛快泡完了温泉，立即走出旅馆。不是去桥对面的温泉区，而是奔往以前去过的户仓町方向。

河边沙滩上堆积着河水冲来的树枝、稻草和垃圾等。有个男人燃起了篝火。火借风势，炽旺燃烧。那个男人没有烤火，而是在宽阔的河漫滩上匆匆忙忙地转悠着寻找燃料。他燃起篝火，大概是为了制造草木灰当农家肥吧。白昼里，风吹着寂寞的河漫滩，呼呼炽旺燃烧的篝火，望去呈现一种奇异的颜色。汽车开上以粗锌丝做栏杆的长桥，桥摇摇晃晃的。我上桥，走过长桥后，又略走片刻，右侧坐落着一所规模挺大的小学。校门前有三个女孩在玩划拳游戏。

我停下了脚步。在关西划拳，喊的是“拳，两个，咳”，关东喊的是“猜猜猜，钉、钢、锤”。而这里孩子们划拳说的又是另一套。

我想听一听孩子们划拳，但只能听见他们的语调，无论如何也听不懂说了些什么。

旧户仓的街道古香古色，是个好地方。河水流过街市中心，河的一侧是汽车往来奔驰的大道，另一侧道路旁生长着石榴树，风情独异。我走过造酒厂前，往右拐，奔向火车站。如果碰上顺路的车，就马上返回，如果恰好有上行的火车，就坐火车去参观上田，也很有趣。

恰巧十分钟后有火车出发。我在站前路旁小茶馆给旅馆去了电话。毕竟出来时，没和旅馆打招呼。

从火车的车窗往外眺望这一带景色，山形好似一个倒扣的碗，确实独具特色。

抵达上田时，已经五点过几分了。我决定了归途火车的车次，然后坐人力车参观街市。到下行车出发还有一个半钟头，我再三叮嘱了车夫后，便出发了。车夫年龄比我大，是个温厚的老爷子。从关西来到这一带，会明显感到这里风气颇好，因而我心情愉快。年轻时，我并不太关心游览地风气的好坏，最近却不然。我常常觉得游览风气良好之地时会精神愉快，反之则精神不快。

真田幸村[①]修筑的上田城位于街区的尽头，我去参观了一下。城正门附近的古昔监狱如今空空如也，被略脏的白色土墙围绕着。古监狱的墙通常肯定是红砖墙，唯有此地与京都的监狱墙是这种白色土墙。京都的古监狱如今已经迁至山科，现在也应该是空空荡荡的。

---

① 真田幸村（1567—1615），安土桃山时代武将，“关原之战”时与父亲真田昌幸于上田城成功阻击了奔赴关原战场的德川秀忠大军。

车夫疾步走在旱田间的路上，向山的方向奔去。我要去看古城。尚未点灯的城郭，与其说很寂寞，不如说显得很阴森。增建的房屋高大，正面很窄，显得粗糙难看，旧房屋的屋脊矮，正面较宽，因而显得敦实。

从印有商号名的布帘之间，能望见黑光发亮的宽幅楼梯，深处传来了萨摩琵琶[①]声，环境很是寂静。车夫说因为“大正小路”附近出现了魔窟街[②]，如今这里的古典气氛也不像以前那么浓郁了。

我们走出城郭，奔向街上的繁华区。车夫让我浏览了与大正小路相连的魔窟街。魔窟零零散散分布在普通人家中间，绿色玻璃拉门内，烟花女子正在化妆。街道并没有花哨之处，是一条非常安宁的街。

天色渐渐暗了下来，人力车接近某座桥头的时候，电灯瞬间全亮了起来。车夫问我是否想看河畔

---

① 室町时代（1336—1573）末期，萨摩（今鹿儿岛县）的大诸侯岛津忠良为教育武士子弟，命盲僧渊胁寿长院创作一批富有道德教化内容的琵琶弹唱作品，其流派逐渐被称为萨摩琵琶。

② 魔窟主要指卖淫的场所。

市场。我说，不如走艺伎街，去最热闹的艺伎街看看。车夫同意了，不久将我拉回了火车站。

参观街区用了不到一个钟头。距下行列车出发还有约四十分钟。这段时间与其在候车室呆呆地等车，不如去附近荞麦面馆吃碗面条。我又返回街区方向。火车站附近的面馆都有点脏，我不想进去。刚才的车夫正拉着空车往回走，我便与他同行。

“有没有干净一些的荞麦面馆？”我问车夫。

“荞麦面馆啊，可惜了，刚才就经过了一家挺有名的。”车夫感到很遗憾。

“很远吗？”

“在 ×× 町。”

“是有艺伎的那条街吗？”

“那座小桥旁，有一家名叫‘薮’的荞麦面馆，很有名。”

“怎么样，去那家吃，三十分钟后能赶回火车站吗？”

“差不多可以。”

车夫又拉着我，竭尽全力地奔跑在缓缓上坡的大街上。地点远得出乎预料。

荞麦面馆在胡同里，我俩离开人力车，一起走了进去。我请泥脚的车夫坐在一楼门框旁进餐，自己上了二楼。虽然正是吃饭的时间，但是铺着双色方格花纹榻榻米的宽阔房间里，只有一个白胡子老翁，在就着天妇罗吃荞麦面条。很快，朝气蓬勃的秃头小学徒将我要的荞麦面条端来了。荞麦面条黑而粗，像绳索强劲有力地拧着似的，弯弯曲曲的。香气扑鼻，味道确实鲜美。我觉得这才堪称正宗的荞麦面条。只是面汤有点欠鲜美，未能令我充分品尝到面条的美味。听说东京喜欢吃荞麦面条的人会从东京自带面汤来此地吃荞麦面条，想来此举也自有道理。吃完之后下楼，车夫已经夹着围毯站在土间了。我们立即沿着来时路，返回火车站。回程是下坡路，跑得很快。我夸赞荞麦面条好吃，车夫也很高兴。

火车站前有弧光灯，扑火飞虫围绕弧光灯翻卷着漩涡，足足有五六米厚。车站宽敞的候车室里也飞满了虫子。乘客在候车室里无法待下去，都跑到室外躲避。这是一种微小的蜻蜓，纵横十字花式的飞舞状态与刮风之日的雪花一模一样。

“我们这边将这种小蜻蜓称作‘丰年虫’，丰年虫多的年份，预兆五谷丰登。”车夫放下车把，边擦汗边解释。

我问第二次坐车的车钱，他说我请他吃了美餐，车钱打折，要从应得的车钱里减去吃荞麦面的钱。车夫诚实古板得既可笑，又让人高兴。我没同意，坚持正常付费。车夫很不好意思。

我第一次看到丰年虫翻卷的样子，感到非常稀奇。车站工作人员用喷壶向三合土上洒着水。丰年虫一落地，其薄薄的翅膀沾了水，就再也不能动了。三合土的土间眼看着像落了一层薄雪，一片白色。明亮的电灯下面，丰年虫翻旋得尤其激烈。两三个胳膊白皙的男孩一个接一个地从丰年虫群的下面跑过去。其中一个男孩故意站在丰年虫翻旋最激烈的地方，在头顶上挥舞着包袱皮，没过十秒钟，就再也坚持不住了。逃出来的男孩头朝下，从领口里拨落下若干只丰年虫。

开始检票了，乘客们实在不敢从丰年虫群中穿过，便从候车室的一头绕过一道道墙角，走向检票口。走廊里也有丰年虫，但因灯光弱，丰年虫不那么凶。

不一会儿，下行的列车进站了，一小时后，我返回了户仓站。

我在车站前等待坐顺路的汽车去上山田。与我同乘的是一个身材瘦小的戴墨镜的年轻人，乘务员二十来岁，肌肉结实，筋骨强健。乘务员看见一对女乘客从上行列车中下来，直接向街上走去，便对司机说道："哎，咱们出发吧。"于是在车外等待汽车发动的我坐进了车里。这时一个十五六岁的少女看见汽车正在发动，从暗处跑来，得到乘务员的关照后，一边笑着一边坐上车。他们互相认识，热热闹闹地交谈着。

"从那以后，又怎么了？"乘务员向少女问道。

"直哉拿着手枪，去美奈子家大闹了一场。"

我一直呆呆地听着，对谈中突然出现了"直哉"，我立刻竖起两只耳朵，仔细听着。根据二人交谈的样子，我一开始认为是发生在这一带的事件，之后才听出来讲的是菊池宽的《珍珠夫人》[1]的

① 长篇通俗小说《珍珠夫人》是日本作家菊池宽于1920年创作的长篇通俗小说，在《大阪每日新闻》《东京日日新闻》两大报上连载。

内容。

“瑠璃子后来成了珍珠夫人，她玩弄了很多男人和女人。”乘务员对尚未读过《珍珠夫人》的那个戴墨镜的青年解释道。

“不是玩弄了很多男人和女人。”墨镜青年纠正道。

少女讲她在长野看的电影《珍珠夫人》，并说道：“菊池宽真厉害！”年轻人都崇拜菊池宽，我感到一种冲动，想告诉他们：“菊池宽是我的朋友。”我想象着，当我说出“直哉就是我”时，估计大家都会惊愕不已。

汽车行进在千曲川的长桥上，桥板发出咯噔咯噔刺耳的声响。

“前面的丰年虫太多了，简直就像雪花。”一直默不作声的司机望着前方说道。大家都看向窗外。桥上每隔三十五六米就立起一根电线杆，上面有一盏电灯。电灯周围翻卷着无数的丰年虫。电线杆一根接一根，延伸二三百米，每根上方都翻卷着一团丰年虫。

这是一个车外空无一人的暗夜，望着眼前和远处激烈翻卷的虫群，我心生一种奇妙的感觉。越接近河中间，丰年虫越多。电线杆下的“积虫”有两三寸厚，汽车驶过，回头一望，车轮痕迹与在积雪上驰过时完全相同。

汽车下了桥，往左拐，一边鸣笛一边驶入街区。街上也因丰年虫而闹哄哄的。所有店铺内的灯全都关了，好似“鞍马山火祭”[①]一般，大街中心燃烧着篝火。有的店将电灯挂在门前。也有的地方没燃篝火。汽车躲着篝火，高度警惕着喧闹的孩子们，徐徐行驶。不久，我与去上山田的年轻人们分手，一个人在旅馆门前下车了。

第二天，我等到日暮，去大桥上看了看。桥面上蠕动着积雪般的丰年虫，与昨夜感觉不同，看着非常瘆人，但我还是对这种丰年虫很好奇。昨夜那么多丰年虫汇聚起来，围着电灯翻旋，今晚却一只也没有了。这是一个刮风的夜晚，不断飞来的丰年虫大概都被风吹到远处去了吧。我迎着风站在桥上，可以看见丰年虫好像从河滩上的黑暗中白茫茫

① 京都鞍马山由岐神社于每年10月22日举行的篝火祭祀。

地飞出来似的，又像从河底浮到河面的泡沫，然后被吹了上来。风并不太大，但被吹上来的丰年虫掠过我的面前，不断被吹到遥远的河面上。昨夜的丰年虫，白天被划拉到一起，堆在电线杆下，有一尺多高，像一座小山，挥发着难闻的油腻气味。

当天晚上，我在上山田一带转了一圈，约一个钟头过后，返回了旅馆。房间里的被褥已经铺好了[①]，我有点累了，就倒在了被子上。防雨雪的套窗没关，扑火虫飞来，撞到纸拉门的窗玻璃上了。我突然察觉一只丰年虫在榻榻米上匆忙地转动着。

丰年虫滑行似的一圈一圈地转着，却不能飞到空中。我仔细一看，它翅膀完整，但脚好像有点立不起来。刚要站起来，马上就向一旁倒了下去。丰年虫看上去慌慌张张地想要飞起，却总在榻榻米上打滑，飞不起来，焦急得很。我抓住丰年虫的翅膀，慢慢地让其两只前脚保持一致，让它往前走，可是丰年虫的脚挂在我坐的坐垫的钉线处，一动不动。丰年虫好像很失望，瞬间过后，向一旁倒了下去。

① 日本的旅馆里，服务员负责给房客铺被褥。

我抓着翅膀，想帮它离开。再一看，它的前脚已经完全萎缩了，蜷曲的前脚尖挂在坐垫的钉线处，稍微有点用的只是两只后脚。这只丰年虫肯定马上就会死掉。我这么思忖着，抓着它的翅膀愈发仔细地观察。不知何故，丰年虫躯体的下半部分好像稀屎一样滴落到榻榻米上。我想，或许在这只丰年虫还活着的时候，其躯体就已经腐烂了。

《周刊朝日》昭和四年（1929）一月号

鸟 取

一

昨天夜里坐火车离开大阪时，他打算去三朝温泉[①]。他告诉家里，如果寄东西，就寄到 ×× 旅馆。清晨他在滨村站醒来，洗完脸，一个人在微寒的吸烟室眺望窗外景色时，火车正快速接近松崎站了。他看见朝雾笼罩的金黄稻田前面铺展着一片淡淡的银灰色，那就是东乡湖[②]。他突然改变了主意，要在这一站下车。至于附近的三朝温泉，午后去也来得

① 位于鸟取县中部东伯郡。

② 东乡湖又名“东乡池”“鹤池”，位于鸟取县中部。松崎位于东乡湖东南岸。

及。下一站是上井，是他换车的车站，他已经将行李整理好了。请服务员拿着沉重的手提箱，他急忙披上和服外套，拎着手提包与伞，下到了站台上。

由于是大清早，车站前没有出租车，也没有人力车。他将沉重的手提箱寄存起来，仅仅拎着较轻的手提包，闲散地徒步五六百米，走向旅馆。

水稻已经熟透了，下垂的沉甸甸的稻穗上，露水瀼瀼。他走上田间小路，来到桥头，由此向右拐，走上了一条河堤路，路边一排樱花树。小河的水面上白雾缭绕，鹡鸰低飞于白雾中。

十五六年前，他曾来这里泡过温泉，后来也从火车上眺望过此地。这一次来到这里，他发现了那家饱经风吹雨打的大旅馆。很早以前，小泉八云挈带家眷来到这家旅馆，见旅馆内艺伎聒噪至极，不堪忍受，说道："地狱！这里是地狱！"说完就从玄关扭头离去。他读《小泉八云传》，知道了这件事。十几年前，这家大旅馆已经没有《小泉八云传》中记述的那种场面了，现在比十几年前愈发脱尽了奢华气，他像看见枯木一般，对这家旅馆怀有好意。

一个十六七岁的村姑将他领上了二楼，八叠[①]大的客房，没有邻室，很安静。向外凸出的窗户前，是一条小河，河对岸开阔地上，挺立着树冠如盖的高大垂柳与高高的白杨。左侧是东乡湖，右侧是尚未收割的辽阔稻田。从窗口可以望见稻田前面松崎町小小的屋脊，从窗口眺望，还能将周围的低矮群山尽收眼底，景色十分恬静。

"干脆就住在这家旅馆，感觉也挺不错的！"他这样思量。

他赴三朝温泉原本有两个目的，一个是疗养坐骨神经痛，另一个就是从事文学创作。然而此前去三朝温泉的教训，让他知道两个目的不可能双全。三朝温泉的镭含量居全世界第二位，是治疗他的疾病的最理想的温泉。但是，每夜艺伎进旅馆都吵闹到十二点左右，不利于写作。他有夜里写作的癖习，艺伎的吵闹令他大伤脑筋。

"你们旅馆夜里也有艺伎来吗？"他问女侍。

"来是来，但不那么吵闹。"

---

① 1叠约为1.62平方米。

“当地人，有几个总来你们旅馆？”

“松崎那边有三个人总来。”

“他们每天都来吗？”

“不。来了也一般不在这里住。”

“是吗？这里房间倒是宽敞。”他越发想一直住在这家旅馆了。他打算在这里早早地写完作品，然后再去三朝温泉。这里的温泉泡起来很舒坦，但对他坐骨神经痛的老毛病疗效不明显。不过，他觉得这里的安静环境对他的写作真是再适合不过了。

他让人将寄存于火车站的行李送了过来。

然而，住下后，他的心情好像安稳，又好像不安稳。在这家旅馆笔耕一周——再长一点，笔耕十天——这么长时间自己能否一直住下去？他考虑着。旅馆规模很大，位于湖畔。此时的房客只有他一个。接待他的那个十六七岁的村姑刚从家里过来。这样看来，到了夜里，他觉得自己简直成了空荡荡大房子里的一只老鼠了。

行李送达旅馆之后，他仍不想将稿纸铺在桌上开始写作。尽情泡完温泉后，他将手巾搭在向外凸出的窗户栏杆上，坐在窗台上，呆呆地眺望着恬静的景色。

活泼明朗的老板娘，玩耍吵闹的四个孩子，三条狗，七只鸟，外加刚住进此旅馆的他，旅馆里这种状态过于寂静了。直到习惯如此环境之前，他会寂寞到何种程度，实在不难想象。

从刚才开始，一个男人站在一只满载沙子的小船上，划向东乡湖。男人自己下到河里，拿出竹笼里的铁锹从浅河里捞沙子，装入小船中。沙子装到小船似乎要沉没时，男人便将铁锹扔在河里，敏捷地跳上船尾，一边唱着《出云小调》[1]，一边静静地摇桨前行。过了一会儿，空船返回来了，按同样程序劳作一番，又划向东乡湖。

不知从何处飞来了翠鸟，频频扇动双翼，紧贴着河面低飞着，落在河岸的木桩上，凝视着河面。它不时突然像粗暴抛出的物体一般飞向水面，但不能保证每次都能捕捉到东西。少顷，小船回来了，翠鸟又贴着水面飞向五六十米开外的木桩。

---

① 出云国（岛根县）的民谣，19世纪中期诞生于出云国的安来，传到九州地方。

女仆说，连接湖水处的水田边正在筑一道小堤坝。

午后，他在读安德烈·纪德[①]的日文版作品，觉得有些阴暗，读不下去了。

于是，他泡了温泉，喝着粗劣的茶，然后来到河对岸的河滩上，蹲在沙滩上观察小虾虎鱼的幼鱼。很快，他又感到乏味了。想到要这样忍耐若干天，他有点受不了了。

每当接近日落时分，成群的候鸟不停地在天空飞舞。有时鸟群默默地猛力飞着，几百只小鸟从头上飞过，发出沙沙的振翼声响，又落了下来，似乎在寻觅过夜的临时鸟窝。小鸟奔着河滩上的白杨飞来，见他站在那里，大惊，便越过稻田，飞往远方，然后又发出强烈的展翅之声，飞了回来。他决定之后从客房内观察鸟群。他认真地观察候鸟的黄昏栖所，观察了约一个小时。他发现约四百只鸟飞向一棵笔直秀颀的白杨树，落在树上后压得树梢沉重地下垂着，有的鸟已经无处可落了。小鸟飞翔时默不

---

① 安德烈·纪德（1869—1951），法国作家，代表作有《蔑视道德的人》《窄门》《田园交响乐》等，1947年获诺贝尔文学奖。

作声，寻栖所时，却会发出惊人的聒噪声。

该夜，他很早就钻进了被窝。翌日按理说应该开始笔耕，但他毫无全身心投入的兴致。作品尚未开写，他好像就已经看透了创作过程不如意的结局了。他实在没有创作的动力，心里很没底。

第二天是个大晴天。山阴地方秋季多阵雨[①]，所以这是一个罕见的晴天。此日微风吹拂。白杨树上的鸟群消失得无影无踪了，唯有白杨树叶在金风中沙沙作响。上午，他把稿纸铺在桌上，依旧毫无兴致，但还是硬写了一点。由于长时间过着懒散的生活，要写出什么作品简直是不可能的，他实在无可奈何。如果硬写出两三篇东西，也许会开拓出道路吧，但他现在毫无兴致，可虽无兴致，未必就写不出作品。于是，他明知自己索然无趣，却要勉强笔耕。

他感到自己在乏味地从事创作。有味也好，乏味也罢，他觉得都不是什么了不得的事，但最关键的是，他搞不明白所谓的“味”到底是什么。

① 鸟取位于山阴地方，南部是“中国山脉”，北部是日本海，雨雪颇多。

午后，他又坐在桌子前。一个开头写了好几页稿纸，没有一页写得称心如意。若不是相当没兴致，是不可能写出乏味的东西的。总之，目前他的精神状态不适合写作。他自己也明白这个道理。但他认为，硬写下去的话，说不定会不知不觉地柳暗花明。

从清晨就开始坐着，脚踝都坐疼了。于是他穿上木屐，逆向走着昨天走过的路，向街市方向走去。因为在奈良住过，所以他并不觉得这一带的山特别有趣。与山相比，倒是成熟水稻的气息令他回眸往昔。铁路的道口横杆斜向落下来了，上行列车马上就要进站了。如果来得及，他想去鸟取市散心。

他这样思忖着，加快了脚步。

二

从这里去鸟取市需要一个钟头。抵达鸟取后，他漫无目的地在车站前坐上人力车，叫车夫随心所欲地在市内转悠。转悠在街道中，车夫常问："咱们去'知头'看看怎么样？去'鹿野'看看怎么样？"

他觉得去逛一逛市内繁华的大街小巷都挺有意思。在旧器具店前，他让车夫握住车把，就地站着。鸟取县物产陈列馆恰巧此日闭馆，进不去。这一带大概是古代鸟取城[①]的正门，大街宽阔闲寂，坐落着古代建筑。

车夫拉着他来到有莲花的护城河畔，又领他去了公园。步行观景时，车夫夹着人力车用的护膝，充当向导带他转悠了公园内的猿猴栏、孔雀栏、水禽栏等。运动场上，中学生正在练习打棒球，他站着观看了片刻。

时间太晚，不能参观樗谿神社[②]了，便奔向街头，去看玄忠寺内的剑客荒木又右卫门墓[③]。途中走过一条古香古色的公馆街，发现公馆门前水沟里生长着真菰与慈姑。

---

① 鸟取城据说由山名诚通创建于1545年，坐落在鸟取市久松山上，异名“久松城”。“关原之战”后，池田长吉入城，进行了大规模扩建，成为如今的鸟取城。

② 位于鸟取市上町，建于庆安三年（1650），祭祀德川家康、藩主池田忠继、池田忠雄、池田光仲、池田庆德。

③ 荒木又右卫门（1599—1638），江户初期著名剑客，1638年成为鸟取藩主池田氏的家臣。

进入玄忠寺的庙门，左侧就是荒木又右卫门墓。天然的岩石为墓碑，上面刻着法名，罩着铁丝网。玄忠寺的建筑物较新，没什么风情。

其后，车夫将他领到私家植物园。这是一座带苗圃特色的植物园，雁来红非常漂亮。多年前，他从鸟取市去参观过多鲇池与沙漠上的“大摺钵”[①]，都是不可思议的景色，十分有趣。但是今天看的植物园与荒木又右卫门墓以及公园内的猿猴栏，他都觉得没什么意思。他虽然焦虑，当向导的车夫却是一片好心，满腔热情。他要求尽量不走来时路，于是人力车走上了五六百米的沙砾路，车夫气喘吁吁地拉车，坐在车上的他觉得车夫很可怜。

“这一带要是有家饭馆就好了。”适才他曾对车夫说过。车夫走在沙砾路上，特意路过了有名的鳗鱼餐馆门前。

返回鸟取车站时，已经到了日暮时分。

下行列车六点半发车，发车前还有二十分钟。他进入咖啡馆，喝了红茶。内侧高一些的房间里，

① 地名。“摺钵”，意即研芝麻等用的“研钵”。鸟取大沙丘有很大的凹陷处，似巨大研钵，故名。

有七八个学生。

“喂，还有十五分钟。”房间里传来了话语声。他猜学生们与他坐的是同一趟火车。好似教会学校女学生的一个少女，赤足穿着脏兮兮的毛毡草鞋，大步流星地给他端来了点心与茶。

车站已经开始检票了。他下了路桥，火车就进了站。车内乘客稀少，他坐下后，对面的座位也是空的，可以伸腿搭于其上。

不久，五六个人进了车厢，与他背对背坐着，看不见面孔。其中一个人说着一口奥州[①]方言，他觉得曾在何处听过此人口音，便略微起身，回头望了一眼。原来是N博士[②]，他在学生时代听过N老博士的两三次演讲，之后在报刊上常常能见到N博士的照片。

几个负责将N博士送到目的地的人将柳条手

---

① 含福岛、宫城、岩手、青森四县与秋田县的一部分。这一带属于日本的东北地方。

② 即教育家、农政学者新渡户稻造（1862—1933），毕业于札幌农校，后赴美留学，是日本第一个农学博士。新渡户稻造生于岩手县盛冈市，故讲奥州方言。

提包与装着甜梨[1]的筐往网式行李架上放的时候，N博士自己拉开了玻璃车窗，头伸到窗外，笑容满面地看着前来送行的人，向靠得最近的人问话，又被对方问话，N老博士从容不迫地答话，语气总有点像牧师。现在的情况不得而知，他过去确实曾以热心的基督教徒身份传教。他觉得N老博士尚有当年余韵。咖啡馆里的学生们就是前来欢送N老博士的。

刚刚他正要上车时，一个白发老人手提一个空罐与他擦肩而过，下了车。老人无胡须，脸色红润光滑，像个美国人。此刻，老人在空罐里装满了茶水，回来了。老人一看见N博士，似乎很意外，接着二人开始站着交谈。老博士的英语很流畅，二人疏远了来送别的人。不一会儿，发车的铃声响了，打断了老博士与外国人的交谈。老博士从窗口伸出上半身，望着送别的人们，微笑着微微点头。他觉得老博士那种潇洒的名士风度令人觉得有些不自然。后来他思忖，也许是因为老博士精疲力竭了。

① 鸟取县是日本著名甜梨“二十世纪梨”的产地，举国闻名。

这时，一个学生大大方方地走上前来，一动不动地站在老博士面前，毕恭毕敬地说道："今天聆听了先生一番有益的演讲，我们大家都不胜感谢。现在我们谨欲以'校歌'来欢送先生。"

火车启动了。那个学生对站台上的学生们说道："现在开始唱校歌……"他起头，大家跟着他精神饱满地高唱起来。

火车驶离了站台，在暗夜中逐渐加快了速度。老博士斑白的头微微探出窗外，一直回望着车站方向。远方还在继续高唱着校歌。火车驶出一英里了，站台上校歌还没唱完。校歌不停，老博士不知要探头回望到何时，他有点担心。歌声几乎听不见时，老博士才缩回了脑袋，准备关上玻璃窗时，校歌顿时结束了。"万岁——万岁——万岁——"的竭力高喊声听得模模糊糊的。老博士被风吹得乱蓬蓬的头在玻璃窗前点了两三次，映在窗玻璃上。尽管如此，老博士还是点头。老博士面对已经看不清的众人答礼，那样子并不令人讨厌。

那个像美国人的外国老人从黑皮包掏出了用报纸包着的好像不太可口的自制三明治吃了起来。老博士坐在椅子上，向外国人问话。一问一答之间，老博士看上去十分疲劳。老博士从柳条提包里拿出鸭舌帽，认认真真地戴在头上。老博士说他今夜投宿松江，夜里十点以后才能抵达。闻听此言，外国老人突然用日语说道：“那你可很惨啊！”说完就笑了。

外国老人精神头十足，而老博士因为疲惫，说话都显得很痛苦。

“您在哪一站下车？”老博士问道。

“我在 misasa（三朝）站下车。”

“miasa，miasa。”老博士反复认真地给外国老人纠正“三朝”的日语读法。外国人笑着说：“‘三朝’在日语中的正确读音是‘misasa’[①]。”外国老人好像对自己的幽默感到满足，兀自笑着。老博士是农学博士兼法学博士，但不是文学博士，他写过几本书，但在“日语领域”却被外国人纠正读法，这一点挺有意思。疲劳至极的老博士对幽默也感觉不到了。这个外国老人不知是神户一带的商人，还

① 日本有一些地名读法很特别，连日本人也很难读准。“三朝”的正确读法是“みささ”（misasa），不是“みあさ”（miasa）。

是耶稣教方面的人，他将老博士敬为日本的名士。

外国老人吃完了面包，拿起放在地板上的茶罐，一连喝了三四杯，然后将茶罐放在脚边。他将吃剩的面包用报纸包好，再用毛纱包袱皮将其卷起来，准备把包袱皮两端系到一起。他看起来原想系成一个死扣，考虑了片刻，又小心翼翼地系着，由于系反了，结果系成了一朵十字花。外国老人面浮微笑，表情好像在说："糟了！"他就这样将包袱塞进提包里，然后立即站起来，去盥洗室洗手。

外国老人用湿淋淋的手一边找手绢一边往回走。他在座席的一端坐了下来，神情不快地用湿淋淋的手指掏着外套的衣兜、上衣兜、西装内兜、胸兜，到底也没找到手绢。他仰望放着纸包的网状行李架，心想手绢是否在那里，但找了一下也没有。是忘记带来了吗？看来肯定是丢了。外国老人终于死心了，他从外套的内兜里掏出五六张叠好的小张薄餐巾纸，用其中一张擦拭着基本已经干了的双手，然后将纸揉成小团，扔进了痰盂。

外国老人终于稳稳当当地坐在座席上，看着老博士的方向，好像还想和老博士聊天。但是老博士仰靠着座席靠背，头戴鸭舌帽，闭着眼睛，一动不动。

老博士的这种姿势维持了二十分钟左右。他好像觉得把送自己的人撂到一边不太好，车厢里也有点冷了，老博士站了起来，穿上外套，去了送行者聚集的地方，进入同伴之间了。

不久，火车抵达松崎站。这个火车站没有路桥，他下了火车后，稍微走一会儿，在站台通往铁路方向铺着铁板的地方站着，等待火车出发。不一会儿，火车启动了，车窗中的外国老人从他的眼前过去了，接着，正在与两三个送行的人交谈的老博士的身姿也过去了。

《改造》昭和四年（1929）一月号

雪地远足

清晨我嗜睡懒觉，十一点才醒来。这是一个有积雪的清晨，天上是少见的薄阴。树枝梢头已经没有积雪了，粗大的枝杈和主干含着水汽。

“把K君叫起来吧。H君已经起来了吗？”

“H君刚才在张罗盒饭的事。怎么回事？如果现在出发，已经快到吃午饭的时间了。”妻子说道。

“是的。出发时，要随身带点面包。”

“H君说，如果带面包可以，他会做的。”

“那让他做面包也行。总之，快把K君叫醒。否则他会一觉睡到傍晚。”

大家吃完午饭，准备行装忙到午后一点多了。我把自己的旧西装、旧高帮皮靴借给K君穿。我与

H 君穿着胶皮长靴。H 君除了负责背着面包，还带了一暖瓶热咖啡。

说起雪地远足，现在我没有像小时候那样精神振奋了。然而即便我现在岁数大了，但若论雪地远足，三人当中，结果还数我的兴致最高。

走在池沼旁的田中道路上，雪已经开始融化了，鞋底下发出“呱唧！呱唧！”的声响。树被伐倒后留下的圆圆的树墩还在田地里。

从警察分署旁横穿市街，奔向铁路的道口。夏季 S 木匠曾想买道口旁一座房屋前的一棵合欢树，人家没同意。这棵合欢树此刻寂寞地站在那里。这棵树相当于车站工作人员的路边小茶馆，到了夏天，树下就摆上了休息纳凉的长板凳。如此枝叶繁茂的大树若被伐倒运走，那可真是大煞风景。我想起 S 木匠长着络腮胡子的像达摩的脸，因为购树未能如愿而满脸困惑的样子。

“一到夏天，合欢树的枝叶可美了，花开得也非常漂亮。”我仰望合欢树解释道，然后恋恋不舍地离去了。

越过铁道，就是广阔的田地。这一带还被白雪覆盖着，垄沟与垄台形成了波浪弯状，有的地方小麦翠绿的叶梢从积雪里拱了出来。

总而言之，大家心情都很愉快。我们站下休憩片刻，这时我忽然发现后面约二十米处，我家的小狗跟来了。我们在这边小憩，小狗在那里也停下来了。

“回去！”我大声叱喝，要把它撵回去。小狗垂着尾巴，躲藏在一旁。

“小狗实在走不了这么远的路吧？”

“走不了。绕道走到富势的园艺师家，有十二公里远啊。”

于是，我们决定无论如何也必须把小狗撵回去。我们抛雪打小狗，它就摆动着圆圆的小屁股逃跑。略跑一会儿，又停下来，遥望着我们。我们一驱赶小狗，小狗就跑，然后又重复着此前的行动。

“咱们干脆把小狗领到S家，把它拴在那里，然后再走吧。”

“可是抓不着它呀。”

我没怎么惩罚过小狗，但它先天胆小内向，迄今为止，决不让人碰触。我默默不语时，小狗就悄悄来到套廊前面；我一唤它，它就立刻躲起来了。

最后实在磨不过小狗，我们又出发了。小狗在后面时隐时现，执着地跟着我们。

“还不如没有这条小狗。”

事实上，养这条小狗确实没什么意思。尽管这么想着，但还是舍不得。眼下小狗如此时隐时现地跟来，倒不如靠近些跟着才好。我不时唤它，但小狗决不靠近我们；我们一靠近它，它马上就逃走。

如此走了一半路的时候，我们进入路边的田地里，站着喝热咖啡。人站在雪地里，热咖啡的味道显得分外香。

“小狗总让我放心不下啊。”

“咱们追上它，把它抓起来吧。”

“再过一会儿。小狗如果没累得筋疲力尽，是抓不着的……之前，我想给小狗松一松项圈，手却被它咬了一口。”

“你为什么养这样的狗啊？”

“是Y送给我的。母犬是猎狐犬，父犬是野犬。小狗继承了父母根性。”

“这么不驯顺，却还恋恋不舍地跟着主人，真是奇怪呀。”

“这确实挺奇怪。但把它扔在雪地里不管，心里过不去。”

“停在这里，感觉身上有点冷了。”

于是我们又开始行进。片刻过后，出现近道。我们进入一片高大的松树林中。含有水汽的雪块不时从高高的乔松青枝上滑落下来，发出哗啦啦的响声。

钻出松林，我们走上一条细道，先下到田间路上，然后又走上漫长的上坡路，进入一个村落。村里人家养狗，小狗感到了威胁，看不见了。我们必须返回去找狗。

发现小狗时，我说：“你过来！”小狗垂着尾巴，胆怯地摇晃着尾巴梢。我靠近时，它又跑了。小狗不相信一切，纵然是小狗，这态度也还是令我非常生气。

“照这样下去，到了夜里我们也回不来呀。上哪儿去要一根绳子，把狗拴上牵着走吧。”

我去农家要来了一根两米长的草绳。在村里不便抓狗，于是我们决定走出村子后再抓狗。

“你们两个装作若无其事地继续往前走吧。”

我藏在路旁灌木丛里，打算在小狗通过时将其逮住。那两人的脚步声听起来越来越远了。我埋伏着，等待马上就会到来的小狗。但是两个人走出一百多米了，小狗还没出现。我窥视了一下，发现小狗站着没动。一见到我的身影，它立刻跑了。

我终于将逃入农家仓库里的小狗逮住了。小狗拼命想咬我的手。我用一只手将其上下颚捏到一起，另一只手将草绳拴在项圈上，然后照狗屁股拍了五六巴掌。小狗没有叫，挣扎着要咬我。暴躁之下，我变得杀气腾腾。我将草绳折回拴在项圈上，草绳变短，我提着小狗。小狗露出牙齿，像一尾鲫鱼在空中蹦跳挣扎着。

小狗四条腿用力往后压，坚持不走。我硬拽着它往前走。左边是名为“樱山”的山丘，右边距路百米的下面是水田。我气得想像抛链球那样将小狗甩出去，远远地抛入水田里。我向前走着，靠水田一侧的手提溜着小狗，它的身体在山坡上横向滚动着。小狗浑身沾满雪，依旧挣扎着。很快，它体力渐弱，变得老实了。我把它提到路上，小狗眼角上扬，脸色苍白，自己咬得嘴里流出了鲜血。

总之，与狗的较量终于告一段落了。即便我蹲下来抚摸小狗的脑袋，它也不想咬我了。它非常愤怒，但毫无反抗的气力。我抱着小狗，跟上那二人。他们都笑了。我因为激烈的运动与亢奋，脸色变得铁青。二人以一尺五六寸长的小狗为对手，演起了活泼的武打戏。小狗好像在嘲笑脸色铁青年龄较大的我。这种表演，双方都演得不错。

"我抱着小狗走吧。"H君对我说道。

"好。"

我觉得小狗很可怜。它露出门牙，脑袋一动不动，宛似剥制的标本。我纵然摸着小狗的头和脸颊，它的眼睛都一动不动了。

目的地布施的辩才天寺就在眼前了。我们从这条路下到有矮松行道树的路上。这条路无人通过，雪没鞋面。

我们进入台阶下屋檐颇低的休息茶屋。土间很暗，炉中火焰通红。我从玻璃盖的平盒中随便拿些粗点心喂小狗，它看都不看一眼。我用粗点心蹭着小狗的鼻子，它也顽固地不看一眼。无奈之下，我扒开狗嘴，将粗点心塞进去了，即便如此，它也不吃，只将其夹在嘴边，一动不动。

我变得悲伤起来。小狗确实顽固，但我发现我的做法对这条胆小乖僻的小狗打击很大，我的心情因此低沉下来了。

我将小狗拴在长板凳的凳腿上，大家小憩之后，去参观寺院。从山门下看到的草葺本堂十分壮观。

我们仰望了堂内的绘马[①]，然后下到山丘的背面，看了传说是古昔一夜之间出现的水池，山中和尚用池中水，可治愈万病。此事一时之间流传得神乎其神，现在遭到警察局的禁止，池边建的若干简易茶屋均已朽败。我们还看了这座寺院的宝物——几年前于此山丘发掘出的龙的头盖骨。之后，我们返回那家休息茶屋。

小狗在长凳下睡觉，身体呈圆形。喂它的点心好像吃了几块，数量减少了。小狗将鼻子埋入自己腹部，狗肚不时在微微颤抖着。

“不能再让小狗自己走了。”我看着狗说道，然

---

① 为了许愿或还愿而献纳的木牌，最初常画有马图，后来图案越来越丰富。

后问身边五大三粗的老太婆："这一带有没有人想要小狗？"

"小狗病了吗？"

"没病。"

"我总觉得这条小狗非常衰弱。"

"它挨了惩罚。"

"挨了惩罚吗……"老太婆认定小狗有病，"点心也没正经地吃几块……"她没信我说的话。

"没办法，我想跟你要一张包袱皮，将小狗包上带走。"我对老太婆说道。

接着，我们走出了茶屋。包袱皮里包着小狗，手杖从包袱皮系的扣下穿过，K 君与 H 君二人握着手杖，抬着小狗前行。

"别人看见了，会误以为我们从什么地方偷来了小狗。"我说道。

"净说傻话。"H 君说道。

小狗惊恐不安，从包袱扣下面的空隙中露出了小脑袋，环顾着周围。

"哎哟，你要是以为自己在坐轿，我们可不答应哟。"说完，H 君将狗头按了回去。片刻过后，小狗又把脑袋伸出来了。

狗头伸出一次，H 君就叱喝一声“嘿！”，然后将其摁回去。H 君很来气。

我们走在两侧断断续续点缀着人家的大路上，奔向园艺师家。太阳落了，寒风刮起。

园艺师的家，我来过一次。这一次与上次来时的方向相反，我一边走路，一边留意着目的地的位置。

来到此地，一看苗圃，立刻就知道这里是园艺师的家。不知何故，家门关得严严实实，我们叫门，却无人应声。园艺师是一个鳏夫，去年我来时，看见昏暗房间里躺着一个十五六岁瘦骨嶙峋的少年。园艺师秋季来我家干活时，他的儿子已经夭折了，他家就剩下他孤零零的一个人了。听说园艺师的妻子去年患肺病，已撒手人寰。

“园艺师去别处了吗？”

“咱们问一下近邻吧。”

我们走进路对面的胡同，屋檐下一位老爷子正在烧着“铁炮浴缸”[①]的水，浴缸壁配设烧水铁管。老爷子被炉火映照得红光满面。他那秃头的后脑勺上扎了一个小发髻，我立刻想起他来了。这位老爷子住着茅草搭建的房屋，几年前曾来我家干过活，我记住了他的面容。

“园艺师家门关得紧紧的，他出远门了吗？”

“啊，他今年年末去世了。”

“……”

“那个园艺师去老爷您家干过活。从那以后，身体一直就很糟，最后在年末走了。”

那位筋骨强健的园艺师已溘然归西了——这真是完全出乎意料。“他家的人都死了吗？”

“是的。”

“好惨啊，真是太惨了。园艺师患的什么病？”

“是由感冒引起的。”

“是肺炎吗？”

“大概是吧。他们家的人，肺都不好。”

“但园艺师的体格挺壮啊，很有力气。”

---

① 原文为“铁炮风吕”，是在浴缸壁与浴缸底部配设粗铁管或粗铜管，粗管内放入劈柴，浴缸下面亦架柴燃烧，来烧热洗澡水。

去年秋天，我与这位园艺师一起，每天修剪庭院中的树木。其间，先是我患感冒，我病愈后不久，园艺师也染上了感冒。工作中辍了约半个月。等园艺师再来我家时，可以明显看出他精神不佳。每到吃午饭时，两个徒弟肯定会用篝火给他烤秋刀鱼。园艺师认为每日吃两条肥硕的秋刀鱼，可以滋补虚弱的身体。我觉得园艺师挺可怜的。本来是一个十分勤劳的人，但患病之后，他时常叼着旱烟袋，呆呆休息的时候多了起来。其间，园艺师越来越耐不住风寒了，留下一些没干完的活儿，对我说打算明年春天再接着干。我并不着急，说道："近日，我想去看一看你的苗木。"就此分别了，直到今天，一直没见过面。

不到一年半，一家三口相继辞世，真是极大的不幸。园艺师很有力气，看上去非常健康，而且，他办事很稳重。这一点令我对他怀有特别的好感。斯人远逝，我觉得这一切好像都是命运照射出现的影子，诱出我寂寞而怅然的心情。

我们来到大路上，由低矮树篱环绕的苗圃里，一丈高的"高野罗汉松"与槲树的树苗密密实实挤挤挨挨，繁茂地生长着，而培育苗木的人，全家都辞世了。唯有留下的树苗依旧繁茂，令我生出一种莫名的心情。空荡荡的住宅屋脊顶着白雪，在黄昏的苍茫中一动不动，委实令人感到孤寂。

我们还须走四公里冰雪已经融化了的路。小狗此刻老老实实地躺在包袱里睡着了。想到因为今天的事，今后这条小狗或许会变得更加乖僻，我觉得小狗挺可怜的，我的心情也不舒畅。

我有点累了。归途是仅在去年走过一次的路，暗夜行路，我心里并不踏实。开凿出来的下坡路被松树和杉树遮掩着，昏昏暗暗，我若干次险些滑倒。在清寒的暮风中，我们沉默寡言地行走着。

《妇女界》昭和四年（1929）一月号

灰色的月亮

东京车站月台的长廊屋脊已经不见了。虽然没刮风，站台上却冷飕飕的，多亏我穿了夹大衣。同行的两个人已经坐上绕道上野的电车先走了，剩下我一个人在等候绕道品川的电车。

灰色的月亮从微阴的天空上朦胧地照着日本桥一侧的战火废墟。大概是阴历初十，月亮很低，不知何故，望着显得很近。夜里八点半左右，人很稀少，宽阔的站台愈发显得宽阔。

远远地望见了电车的头灯。不一会儿，电车忽然就快速滑入了车站。车内不太拥挤，我坐在车门附近。右边是一个穿着农村劳动裤的年近五旬的妇女，左边是一个十七八岁的少年，感觉是个工人，背对着我。座席旁边没有扶手，少年工人便面对着车门横坐着。我刚上车时，望了一眼少年工人的脸，他闭着眼睛，很不雅观地张着嘴，上身大幅度地前后摇晃着。其实不是摇晃，是身体向前倒下，又挺起来，再度倒下，如此不断重复着。如果是打盹，如此连续不止，令人感到有点害怕。我自然地与少年工人拉开距离，坐了下来。

抵达有乐町与新桥时，车厢内就相当拥挤了。有几个人好像外出采购归来。一个二十五六岁、面容红润的圆脸青年，背着一个特别大的帆布背包，他将背包置于少年身旁，身靠着背包，双腿像夹着背包似的靠近座席站着。他身后，另一个约四十岁的男人也背着帆布背包站着。他被别人挤着推着，看着前面的青年："我的背包摞上去行不？"还没等回答，他就开始卸下背包。

"请等一下，我的背包里有不能压的东西。"青年捂着自己的背包，回头看着那个男人。

"是吗？对不起了。"男人望了一眼网状行李架，没有空处可放背包。他只好在狭窄的空间里扭动着身体，将背包又背了起来。

青年似乎觉得对不住他，便建议他把背包的一半搭在我与工人的中间。

“没事的，我的背包不太沉。打扰你了。本想稍微放一会儿，不用了。”说完，男子向青年略微点了点头。我看着如此场面，心情感到愉快，心想与前段时间相比，人们现在的心情发生了明显的变化。

电车抵达滨松站与品川站时都有人下车，上车的人也挺多。少年工人仍在乘客中大幅度地前合后仰地摇晃着。

“哎哟，瞧他那张脸。”有人说道。说话的是四五个好像公司职员中的一个。他们都笑了起来。我看不见少年工人的脸，觉得公司职员的话很好笑，少年工人的脸或许真的很可笑吧。车厢内出现了一点快活的空气。

这时，圆脸的年轻人回头看了看那个男人，用手指敲着自己的胃部，小声说道：“快要饿死了。”

男人有点惊诧，默默地看着少年工人说道：“是吗？”

刚才那几个发笑的人也感到有些奇怪，问道：“病了吗？”“是不是喝醉了？”其中一个人说道：

“不像是喝醉了。”大家好像都明白了这句话的意思，突然默不作声了。

少年工人的工作服质地粗劣，肩头破了，内侧缝了一块手巾，反戴着一顶军帽，帽檐下露出脏兮兮的细脖子，瘦得十分可怜。少年工人的身体不再摇晃了，他的脸不断地蹭在窗口到车门边约一尺的壁板上。他的样子很像个孩子，他那迷迷糊糊的脑袋中，大概将电车壁板假想成了某一个人，好像正向那人撒娇。

“喂！”站在前面的大汉将手搭在少年工人的肩头，问道，“你在哪一站下车？”少年工人没有回答。大汉又问，少年工人懒洋洋地回答：“我去上野。”

“那你坐反了呀。这趟电车开往涩谷方向。”

少年工人挺起身来要眺望窗外时，突然失去了重心，倚在我的身上。当时我几乎是条件反射一般，将倚过来的少年工人的身体用肩头顶了回去。这种无意的举动，之后回想起来，我立刻觉得难以理解，我为什么做出了那种事呢？这完全背叛了我的心情的动作，连我自己都感到骇然。倚在我身上的少年工人的身体没有什么抵抗力，这更令我感到难过。我的体重已经减至九十多斤了，而少年工人远比我轻得多。

“从东京站我就看见你在车上，你坐过站了——你从哪站上的车？”我从少年工人的背后问道。

少年工人依旧望着前方回答：“从涩谷上的车。”

“从涩谷上车的话，你正好转了一大圈呀。”不知哪个人说道。

少年工人将额头贴在窗玻璃上，想看向窗外，但立刻又放弃了。他以好不容易才能听清的低声说道：“去哪都没关系。”

少年工人的这句自言自语一直留在我的心中。

附近的乘客们都不再谈少年工人的事了。大概是觉得爱莫能助吧。我也是其中之一，怀有无可奈何的心情。如果我带着盒饭，我会送给少年工人，以宽慰我的心。如果给他钱，如今连白天都不一定买得到食物，更何况在夜里九点，根本无处可买到。我怀着暗淡的心情，在涩谷站下了电车。

这是发生在昭和二十年（1945）十月十六日的事情。

《世界》昭和二十一年（1946）一月号

译后记

论志贺直哉的中短篇小说特色

一八六八年，日本自上而下的资产阶级改革运动——明治维新，推翻了由德川家康（1542—1616）于一六〇三年开创于江户（今东京）的武家政权——江户幕府（亦称“德川幕府”），日本历史告别封建主义社会，进入资本主义社会。王朝易代，国门打开，欧风美雨东渐，日本文学面临挑战与转型，文坛巨变，流派迭现。一九一〇年四月一日，别树一帜声势煊赫的白桦派诞生。白桦派高举人道主义与新理想主义两面大旗，反对君临文坛鼓吹“无理想”的自然主义文学，给文坛带来新气象。“日本文坛的鬼才”芥川龙之介盛赞白桦派文学“打开了文坛的天窗，放进了清爽的空气”。明朗进步的白桦派文学，对鲁迅、周作人、郭沫若、郁达夫、朱自清、巴金、梁山丁、王秋萤等中国现代文学家，产生过良好影响。

志贺直哉是白桦派“开派元勋”，赫赫有名。因此，一九三六年十二月十八日午后，郁达夫专程赴奈良，登门拜访志贺直哉。他盛赞志贺直哉“在日本文坛上所占的地位，大可以比得中国的鲁迅……志贺氏待人的诚挚，实在令人感动。我真想不到在离开日本的前一天，还会遇得到这样一个具备着全人格的大艺术家”。

一　志贺直哉与“自我至上意识”

一八八三年二月二十日，志贺直哉生于日本东北地方的宫城县石卷湾旁的港镇——石卷住吉町，是家中次子（长子志贺直行，两岁夭殇）。志贺家族祖上是武士世家，自第四代志贺直之开始，代代服务于磐城国相马藩，传到志贺直哉的祖父志贺直道（1827—1906），已经是第十代了。这种武士家族血脉也流淌在志贺直哉体内，影响了他的人生观。

志贺直哉两周岁时，举家离别石卷住吉町，移居东京曲町区内幸町。志贺直哉与祖父志贺直道、祖母留女同住一处，祖父母过度娇惯唯一的孙子，百纵千随，以保住志贺家苗裔无恙。志贺直哉于《稻村杂谈·祖父》中谈及这一段生活，他认为："我自然地成了祖父祖母的孩子了。这种经历对后来我与父亲的关系造成了不良影响，我和父亲好似年龄差别很大的兄弟。"志贺直哉虽然备受祖父母溺爱，但在其成长过程中，祖父温厚刚直正派的禀性也潜移默化地影响了志贺直哉的人格形成。

志贺直哉（以下简称"志贺"）课读于华族学校"学习院"期间，与同班同学武者小路实笃、木下利玄、正亲町公和志同道合，皆情系文学。由此，志贺与武者小路实笃成为肝胆相照的终身挚友。芥川龙之介认为，"武者小路实笃是近代日本诞生的道德天才"。近朱者赤，近墨者黑，"文学的痴鸟"武者小路实笃，在文学事业与人生观方面，对志贺产生了关键性的积极影响。志贺于《〈武者小路实笃全集〉推荐语（二）》中，语重心长地表达了自己对武者小路实笃的一腔感激之情：

> 我在意气消沉的时候，我在对生活感到空虚失落的时候，都是靠拜读武者小路实笃的诗歌或感想文，才得到了精神慰藉，并受到勖勉的。如此效果，当然来自武者小路实笃的诗文内容，但又不完全如此，还来自他那不可思议的禀性魅力。许多时候我都感到：是武者小路实笃的这种禀性魅力安慰了我的精神，鼓励了我。我想，这是武者小路实笃与生俱来的“向日性”禀性发挥作用的结果……每当我精神苦闷到实在无法忍受的时候，往往就靠拜读武者小路实笃的作品来拯救自己。我从他那里受到了很多良好影响。我若未喜逢武者小路实笃，不可想象我的人生会是什么样子。

受武者小路实笃影响，志贺根据自己的情趣倾向，历经权衡，最后坚定不移地选择了文学作为自己的终身职业。有人问志贺从文动机，他不口吐冠冕堂皇的豪言壮语，仅是言简意赅地回答："因为我'爱'文学，这是我从文的唯一动机。"此言雄辩地证明了白桦派骁将、与厨川白村齐名的日本近代"爱学"家有岛武郎的"爱学"法则——"爱是艺术之母"。艺术家有爱，然后有执着；有执着，然后才可能生出艺术品。有岛武郎认为，好作品绝非作者靠四平八稳的理智写出来的，而是在作者深沉的"爱"中，自自然然生出来的。无数事实证明，此论甚确。

作家禀性与生活体验决定作品特色。志贺自幼受祖父母娇惯，成为家中"小皇帝"。加之他少年丧母，父子情疏，与父亲欠缺沟通理解，如此特殊的成长经历养成了志贺过度以自我为中心的任性倾向，导致父子长年龃龉。"激烈对立"与"自我中心意识"，构成志贺小说的明显特色。"自我"的内涵殊甚复杂，志贺的"自我"以正义与善良为主旋律，附带偏激任性执拗之弊。

严格说来，志贺小说创作的起点是《菜花与小姑娘》，第二篇小说是《某晨》。《某晨》脱稿于一九〇八年一月十四日，沉睡十载后，发表于一九一八年三月号《中央文学》。素有“自画像作家”之称的志贺，其相当一部分作品都着力描述自己最熟悉、感触最深的亲情，《某晨》属于标准的“亲情小说”。一九〇八年一月十三日，是主人公信太郎（原型即志贺）的祖父三周年忌辰。家中大忙，信太郎熬夜读小说，清晨睡懒觉，七十三岁祖母三番五次催信太郎起床，他就是不起，最终遭到祖母怒骂。此日志贺的日记写道：“清晨尚未起床时，就与奶奶大吵了一架。上午扫墓，做法事。”次日的日记中写道：“早晨开始笔耕，写昨日与祖母吵架之事，题为《非小说·祖母》。”这篇小说后来发表时，易名《某晨》。

信太郎缠绵被窝，磨磨蹭蹭就是不起床。祖母实在忍无可忍，骂他是个不孝的东西。但信太郎认为，若老人无论说什么，小辈都必须无条件俯首帖耳地听从就是孝顺，那么，这样的孝顺，自己实在无法接受。信太郎在家中的举动，是个名副其实的“小暴君”。国立冈山大学赤羽学教授评价道：信太郎的性格自我至上，“连起床这样的小事，他都觉得受别人意志支配，是不情愿的事……祖母不叫他起床，他反倒轻松地起来了。志贺的这般感情优先、厌恶受人指使的姿态，源自他的处女作时代”。信太郎还打算翌日远赴长野县中部的诹访湖滑冰，以自己可能溺水身亡的危险来吓唬祖母。后来，信太郎自然地为祖母言行所感动，郁结涣然冰释，潸然泪下。情绪化的信太郎流出净化心灵的泪水，冲走不快，内心变得清爽，与祖母自然地达成了“和解”，进入“调和的世界”。针对《某晨》中自我至上的信太郎与祖母和解的心理要素特点，广岛安田女子大学伊藤真一郎教授这样评析：“信太郎是一个‘自己本位’的人，他不为对方的态度所左右，始终贯彻自己的感情自然。”

作为志贺分身的信太郎是一个坚守“感情自然”的人。《某晨》写出了志贺对祖母发自内心的深挚的爱，而“吵架”又进一步深化了祖母与信太郎的爱。志贺与祖母强烈的爱，构成了《某晨》的背景。与祖母吵架，旋即和解，志贺心潮起伏，文思腾涌，紧跟内心感觉，对自己的实际生活进行深彻剔透的艺术观察，取舍得当地如实记录、升华事实，用一己清澄心灵，著就名篇《某晨》。其后志贺许多代表作的艺术结构都诞生于《某晨》的延长线上。《某晨》在故事矛盾的产生、冲突高潮、和解、调和这四个过程的勾勒方面，安排得紧凑自然，示出志贺小说结构之美的一大特色。其后这种结构特色不断经过充实完善，一直活用到志贺后来的《好人夫妇》《和解》与《暗夜行路》等代表作之中。明治大学宫越勉教授认为：“《某晨》是志贺整体文学创作的出发点。”

信太郎的自我至上意识一直贯穿于志贺其后的作品中。纵观志贺的《混浊的头脑》、《大津顺吉》、《范某的犯罪》、《偷女孩的故事》、《和解》、《山科的记忆》系列小说、《一个男人·姐姐的辞世》、《邦子》、《暗夜行路》等，无不表现出主人公强烈的“自我至上意识”。

二　志贺直哉与日本的“私小说”

日本的“私小说”，指作者以自己为作品主人公，素材源于自己的体验与日常生活，从中汲取艺术情趣，将自己的日常生活升华为文学作品。私小说的类似概念，有“心境小说”“身边小说”“身边杂记小说”“第一人称小说”“告白小说”“随笔小说”等。

日本私小说类型之一，是如实表述作者经历的身边之事，宗旨是“无理想，无解决”，色调灰暗。代表者有自然主义作家田山花袋、正宗白鸟等。此类作家否定理想，认为理想无价值。他们惯以不带感情色彩的眼光凝视真实，作品主旋律是“消极人生观”与“冷笑”。私小说类型之二，是作者不仅如实告白身边琐事，还露骨地突出自虐倾向。代表者有自然主义作家近松秋江与葛西善藏等，此类作者即所谓“破灭型私小说家”。私小说类型之三，是“调和型私小说”，亦称“心境小说”。关于私小说与心境小说的大致区别，平野谦在《艺术与实际生活·私小说的二律背反》中指出：私小说与心境小说毕竟存在相异点。如果说私小说是破灭的文学，那么，心境小说就是拯救的文学；前者源出“无理想，无解决”的自然主义；后者源出理想主义的白桦派。心境小说以白桦派文学为源头，作家深掘自我内涵，在作品中使自己的生活由冲突逐渐走向调和。心境小说的特质是凝视悲哀，却不停滞于悲哀，力求努力超越悲哀。白桦派的理想主义心境小说是与“人生之苦”不懈格斗，从追求自我开悟始，最终进入调和平适的人生境界。心境小说是“现世把持者的文学”，它并非仅仅客观地描写事物，还要以真为基础，有侧重地描写作者在创作过程中面对日常生活的深层感悟，以及作者观察描写对象时产生的某种心境，具有积极的“向日性”，读者通过作家的心境描写，可以鉴赏真善美的境界。

日本心境小说代表作家首数志贺。其《在城崎》与《护城河畔的住宅》被认定是最典型的心境小说。志贺小说中，除了《菜花与小姑娘》《混浊的头脑》《赤西蛎太》《学徒之神》等一小部分作品明显带有大量虚构外，余皆为将自己的日常生活体验精心升华为作品。志贺是一个不能容忍不调和的人，其文学创作主旋律就是反映精神生活与现实生活由冲突纠葛不调和逐步走向调和的过程。以故，志贺小说追求“精神卫生”，被称作“生活建设式”的“志贺型小说”。志贺以及白桦派其他作家的一些作品，虽然披着私小说的外衣，却深思理想社会的建设，他们的自由民主思想可以对别人的精神产生良好作用。白桦派作家纵然身陷困境，也不弃理想，送给读者的是一缕缕清新明朗的精神阳光。志贺虽然主要描写家庭题材与亲友题材，但其描写中有张力、美与亮点，这不仅取决于题材本身特点，更重要的是取决于志贺的明朗心境与带光泽的笔端。志贺作品能够滋润读者心灵，有助于启发读者解开自己心里的疙瘩。因是，明治大学本多秋五教授认为，志贺是“日本私小说（指心境小说）之神”与“日本小说之神”。

三　志贺直哉的父子对立与文学创作

《和解》问世两年有余之后，《一个男人·姐姐的辞世》刊行，但后者内容相当于《和解》问世之前志贺的生活经历。《一个男人·姐姐的辞世》通过弟弟“我”的眼睛，细致观察“一个男人”、自我至上的哥哥“芳行”（原型即志贺）与姐姐曲折的人生，系统叙述哥哥离家出走，姐姐死于贫病的来龙去脉，其间还插入哥哥书简，以便直接表达哥哥的心情。这种作品结构很可能受了夏目漱石的《心》（1914）与有岛武郎的《宣言》（1915）之影响。《一个男人·姐姐的辞世》是较完整的“志贺履历书”。作品存在虚构，但围绕哥哥的系列事情基本属实；此作以叙述离家出走的哥哥与父亲的对立为中心，旁及哥哥与姐姐的亲情。在某种程度上，志贺的生母是姐姐的原型，以此隐含志贺对亡母的轸怀。《一个男人·姐姐的辞世》对了解志贺的人生经历具有重要价值。

《一个男人·姐姐的辞世》中，关于哥哥与父亲对立的系列事件，写得最为详细。志贺与父亲的激烈冲突事件，择其大端而言，最主要的有三个。第一个是“足尾铜山矿毒事件”。足尾铜山位于栃木县西部足尾町，矿毒严重污染环境。志贺作为一个热血沸腾的学生，满怀正义感，批判矿主古河市兵卫唯利是图，祸害一方。志贺的言行遭到父亲全盘否定，因为古河市兵卫曾雪中送炭，资助过志贺家，是志贺家的大恩人。《一个男人·姐姐的辞世》

第十节与第十一节，详叙了此事。在父亲看来，尽管古河市兵卫遭到社会舆论的强烈谴责，被视为恶人，但对志贺家来说，却是不可忘却的大恩人。父亲认为儿子谴责古河市兵卫纯属犯浑，是不分亲疏忘恩负义的行为。所以父亲不许儿子参与批判矿毒事件的运动，严禁儿子赴现场考察。另外，父亲还担心涉世未深的儿子因关心此事件进而参与社会主义运动。因为这一系列矛盾，父子冲突激烈。第二个最主要的父子冲突事件，源于志贺决心与家中女仆“C”（千代）结婚一事。一九〇七年，志贺爱上千代。志贺的父亲十分看重经济实力与门当户对，他挥起无情棒，打散了这一对意绪缠绵的鸳鸯。父子的不和因此空前加深。此事生动而艺术化地表现在《大津顺吉》中。一九〇七年九月三日、九日、二十六日，武者小路实笃与留学美国归国不久的有岛武郎三赴志贺家拜访志贺的父亲，晓之以理，动之以情，苦劝其同意儿子与千代结为伉俪，但徒劳无功。第三个事件则是志贺自作主张，与寡妇终成眷属。

志贺的父亲是一个事业干得风生水起的实业

家，崇尚实业实利，极厌崇尚文学艺术的儿子不务正业，写小说当“虚业家”。笔者认为，志贺创作《清兵卫与葫芦》时，正值与父“暗斗”时期，他忍受着父亲“强迫观念”的压抑。出于逆反心理，以此作向蔑视文学的父亲明示立场，也是对固持“艺术无用论”的父辈们的尖锐批判。《清兵卫与葫芦》中的纯真少年清兵卫，因走火入魔般痴迷于葫芦艺术，被父亲狠揍了一顿。清兵卫煞费苦心搜集的葫芦全被父亲执木匠用的铁锤砸得粉碎。志贺通过如此描写，对无视儿子情趣的父亲表示愤怒。此作在志贺精神史上占有重要位置，是志贺的一次酣畅的精神净化。清兵卫痴爱葫芦的心理结构，换言之，即志贺全身心倾注于文学的心理结构。

《偷女孩的故事》是志贺因父子不和导致的病态焦虑达到极致的生动艺术体现。主人公“我”因与父亲势不两立，离开东京，孤身只影地来到遥远的濑户内海之滨尾道市，寻清静，搞创作。但事与愿违，“我”整日焦虑不安，最后沦为诱拐幼女的犯罪嫌疑人，被生拉硬拽至警察局。小说后半部分是虚构，旨在写志贺心象风景。《偷女孩的故事》含三大要素：第一，精巧描绘濑户内海与尾道的风土人情及自然景观；第二，主人公形影相吊，埋头笔耕，陷入苦不堪言的神经衰弱，觉得自己有自杀念头；第三，志贺将妄想当作事实，写偷女孩的起承转合与心态。这一部分是遵从妄想驱动的描写方式，与志贺叙述神经错乱的小说《混浊的头脑》，属同一谱系。针对《偷女孩的故事》，志贺《续创作余谈》云："《偷女孩的故事》是我的尾道生活体验，一半属实。自偷女孩处始，纯属空想。但我一本正经且竭尽全力地写了这个空想，这是事实。当时我在尾道一个朋友也没有，在这样的生活中，空想占了上风……后来我将这篇小说中的某些描写挪入《暗夜行路》前篇。"以《偷女孩的故事》为界标，其后创作灵感不再拜访心事重重而意气消沉的志贺，其文学生涯进入"三年沉默期"。江山也要文人捧，《清兵卫与葫芦》《偷女孩的故事》与《暗夜行路》，皆以港市尾道为舞台，大大提高了尾道在岛国的知名度，千光寺公园中有志贺文学碑，志贺当年栖身的房屋，如今成了志贺纪念馆。

志贺父子感情对立如三尺坚冰，双方皆极寒

心，觉得也许终身和解无望，父子都几乎陷入绝望。其后历经艰难曲折的过程，受亲情与友情（《和解》中登场的M，即武者小路实笃。心怀开阔的武者小路实笃是乐天派大师，他的人生观新见迭出，总能从平淡无奇甚至阴郁苦涩的人生中，找出积极向上的明朗的东西。他把艺术当生活看，把生活当艺术看，他身上有一种神秘的力量，总能从别人心中找出美好的东西。他还善于理解心与心相触时的妙味。武者小路实笃明朗的人生观和文学观对志贺父子和解产生了积极作用）的驱动，以及受梅特林克思想评论集《智慧与命运》之影响，志贺最终与父亲和解，久缚心灵的绳索脱落了。志贺多年郁积心底的苦恼由此被一扫而光，阖家喜气洋洋。这里不容忽略的是，志贺的继母对促成父子和解尤其发挥了重要作用。志贺认为继母是一位境界非常高尚的人。和解的欣悦拨动了志贺的艺术神经，他清朗的心地开出文学之花——“苦恼净化型小说”《和解》。

志贺的文学生涯中，前期作品多是反映作者的社会意识与父子冲突。父子对立象征新旧两个时代的两种思想对立，构成志贺的文学主题。后期作品主要表现作者如何摆脱过于强烈的自我至上意识，摆脱父子冲突的重围，进入“精神调和”后的恬淡心境。父子冲突与“精神调和”的分水岭，就是《和解》。

父子不和之事颇具文学意义。父子对立冲突也构成志贺创作的主要动力源。父子和解后，志贺的创作欲反而逐渐减退了。近畿大学柄谷行人教授认为：“令志贺成为作家的，是他的‘不快’。无论志贺有意识还是无意识，毕竟是仅属于直观性的思想——‘心绪’，令志贺成为作家。”夏目漱石因患严重的神经衰弱症，写出名著《行人》，通过主人公长野一郎，描述知识分子自我中心意识的觉醒以及与之俱来的苦恼孤怅。志贺的代表作大多也与他严重的神经衰弱症密切相关。从本质上看，志贺的文学发展轨迹可大致归纳如下：由表现丑到追求美，由反映不调和到追求调和，由不自然到自然，由战斗到和平，由动到静，由复杂到单纯。志贺熬过了神经衰弱时期，清除了诸般心理纠葛、痛苦、孤寂，人生进入四平八稳的调和安适的境地后，他的创作激情和素材依然多来自他曾经的苦恼人生体验。

四　志贺直哉小说与人道主义

志贺直哉基于仁爱与正义感的人道主义精神，最早表现在他对日本公害的原点“足尾铜山矿毒事件”的关注。足尾铜山是日本最具代表性的大铜矿，发现于一六一〇年，翌年成为江户幕府直辖大铜矿。一八七七年始，转由古河市兵卫经营。一八九〇年后，铜产量占日本全国铜产量的四成。冶炼过程中产生的烟害以及滥伐森林用作燃料导致周边一片秃岭荒山，使环境极度恶化，严重破坏了生态平衡，导致山洪频发。大量矿渣和含重金属的酸性废水排入渡良濑川（利根川支流）下游，河里香鱼被毒死，鲑鱼捕获量锐减，河两岸农田遭到严重污染，给渔民和农民带来了极大灾害，发展成日本近代工业史上第一个骇人听闻的公害事件，成为旷日持久的重大社会问题。受害的渔民和农民多次被迫掀起声势浩大的抗议运动，但问题迟迟未得到解决。一九〇一年，志贺了解到这个事件。同年十二月十日，政治家田中正造（1841—1913）诉诸暴烈举动，向明治天皇直接上诉[①]。该日，国会议事堂举行第十六次议会开幕式结束，明治天皇乘马车回皇宫途中，田中正造突然从路边人墙中跑出，奔向天皇马车，献上状纸。田中正造认为："矿毒之害，不同于其他灾害，它会导致日本的老本丧失。土地丧失之同时，人类也就随之消亡了……这一问题倘若束之高阁，将导致人民死亡，国家灭亡。"当时，志贺听了内村鉴三、片山潜、安部矶雄、木下尚江等富有正义感的社会名流的演讲后，心情激动，决定亲赴现场考察受害惨状。志贺认为矿主是不关心弱者死活的恶人，这也表现出他在人道主义意识驱动下，对荒谬社会现象的憎恶。栗林秀雄评价道："从志贺直哉的这种极端行动中，我们可以感受到他的青春思想之美。"而后志贺将当时自己的心理动态写入《一个男人·姐姐的辞世》与《祖

① 日本江户时代严禁不履行法定手续越级直接上诉于君主或将军。明治时代也严禁越级直接上诉于天皇。倘直接上诉，必遭严惩。田中正造直接上诉，翌年六月十六日被以"侮辱官吏罪"判刑入狱。

父》等作品中。

志贺直哉的人道主义意识还表现在《去网走》《大津顺吉》《正义派》《好人夫妇》《学徒之神》《十一月三日午后的事情》《灰色的月亮》等作品中。《去网走》中的主人公“我”对厄运妇女的酸楚处境寄予由衷同情。《大津顺吉》中的顺吉，通过与家中女仆千代的恋爱，开始思索女仆们的生活，感到她们不能与主人们一样在清澄无垢的浴槽内泡澡，贫穷迫使她们不能过与主人家平等的生活，这是失衡的悲惨现象。《正义派》中的三个工人富有正义感，甘冒被公司解雇之险，勇敢地为被电车轧死的小女孩做证。对此广津和郎评价道：“《正义派》中那三个工人因正义感而产生兴奋，志贺认可这种兴奋的同时，也明确感知那种兴奋消失后三个工人心灵的凄惨与无所凭依的空落。志贺的心底燃烧着炽热的火焰，他那要穿透事物的目光始终是冷静而敏锐的。”志贺的正义感与工人的正义感相同，这正是白桦派人道主义特色的流露。

《学徒之神》里年轻的贵族议员 A，出于对因贫穷而受辱的小学徒仙吉的同情，利用偶然的机会，请他放开肚皮，饱餐了一顿昼思夜想的豪华美味寿司。仙吉感激莫名，视A为人间神仙。笔者曾在文章中写道："仙吉崇拜神仙，那是因为在他心中，唯有神仙才能做出那种境界的事，唯有神仙才能有凡人不可能有的利他之爱的举动。在《学徒之神》中，我们稍加留意就会发现，身世寒微的仙吉在现实中根本得不到人的关爱……仙吉的人格遭受寿司店老板的肆意侮辱之后，他对人的爱心彻底失望了，只好一味天真地憧憬'神仙'的爱。"然而，A做完唯有神仙才能做出的好事后，良心并未得到些许慰藉，反倒生出一种莫可名状的空落感，好像背地里做了一件坏事，心怀愧疚，流露出A的深层心理省察。两个阶级差别甚大，仅靠偶然做一两次令他人喜悦的好事，杯水车薪，解决不了根本问题。这是志贺针对社会上贫富不均引起的社会问题进行的人道主义反思。

志贺根据朴素的人道准则，于《十一月三日午后的事情》中，对军队普通士兵肉体遭受的极限摧残进行间接批判。沼泽和子指出："很明显，作品中半死不活的野鸭形象，与过铁路横道时倒了下去的一年志愿兵形象，二者是重合的。主人公本来为了寻求美味和轻松散心，出门买野鸭，结果却招致了意料之外的扫兴。”坂本哲郎也评价这篇小说“批判了非人道的征兵制度，抨击误导整个国家方向的政治体制”。

安田女子大学稻贺敬二教授认为：“日本无产阶级文学代表作家小林多喜二（1903—1933）受白桦派人道主义影响，进而坚信社会主义。”志贺与小林多喜二友谊深厚。就二人关系，文教大学松泽信祐教授这样评议：“众所周知，小林多喜二私淑正统的私小说作家志贺，热心地学习志贺的小说手法。志贺的现实主义表现特色，心理描写手法，志贺的洁癖式正义感，都被小林多喜二大量有效地、发展性地引用到自己的作品中。”小林多喜二在一九二六年十月九日的日记中写道：“志贺的《十一月三日午后的事情》《去网走》《某晨》等，我百读不厌。”一九三一年一月二十二日，小林多喜二走出牢房，同年十一月上旬，赴奈良访志贺，进行文学交流。小林多喜二的创作受到无产阶级作家与资产阶级作家的影响，就此，松泽信祐曾言：

“无产阶级作家中，对他影响最大的是叶山嘉树；资产阶级作家中，对他影响最大的是志贺与有岛武郎。”

《灰色的月亮》写疯狂发动侵略战争的日本战败投降之年的事情，是日本的“战争伤痕文学”。反对不义战争的志贺，以这篇小说揭示日本无条件投降后举国大饥饿的惨状。民以食为天，当时日本人当务之急就是要千方百计搞到食物，城里人背着大背包，去遥远山乡采购食物。当时，城市居民闲庭多垦为“家庭菜园”。《灰色的月亮》中的“我”目睹“快要饿死了”的少年，心想：“如果我带着盒饭，我会送给少年工人，以宽慰我的心。如果给他钱，如今连白天都不一定买得到食物，更何况在夜里九点，根本无处可买到。”“我”对少年爱莫能助，心情暗淡，流露的是人道主义者的悲怆。本多秋五教授认为，《灰色的月亮》是名作中的名作，安冈章太郎力作《志贺直哉私论》认为，《灰色的月亮》是志贺竖起的一座“日本战败纪念碑”。

五　志贺直哉小说中恋爱的诸种形态

恋爱是心与心相通的桥梁，有岛武郎强调："恋爱是人的个性之成长与自由。"坚守自我意识，尊重女性人格，追求自由恋爱，是志贺小说的一大主题。如此主题通贯《速夫的妹妹》《大津顺吉》《赤西蛎太》《一个男人·姐姐的辞世》《真鹤》《雨蛙》《寒冬的大街》《山科的记忆》《痴情》《邦子》等作品。

《速夫的妹妹》与《真鹤》细腻入微地描写少年初萌恋情的微妙心理。小泉八云认为，人们习惯于在诗歌中主要歌颂少女心中的爱情，实际上，"少年感情上存在的这一现象，即他坠入情网而自己却不完全明白怎么回事，是同样十分美好而且十分圣洁的"。《速夫的妹妹》与《真鹤》便写出了这种甜美清新的情韵。

《大津顺吉》与《一个男人·姐姐的辞世》笔涉主人公为追求有爱的婚姻而遭受的种种磨难。父亲反对儿子的自由恋爱，但儿子竭力反抗父权，是顽强坚守恋爱至上的知识分子。现实中的志贺又是如何？他与女仆千代的恋爱惨败后，为继续追求有爱的婚姻，他不惧“忤逆不孝”的骂名，与武者小路实笃的表妹、寡妇康子相爱，结为百年之好。关于这桩婚姻大事，志贺我行我素，根本不征求父亲意见，只将婚事通知家中。婚礼在武者小路实笃家举行。岩波书店二〇〇一年版《志贺直哉全集》第二十二卷年谱写道：

> 一九一四十二月二十一日，志贺与勘解由小路资承的女儿康子(户籍上写的是“康”，一八八九年九月二十八日生，生母名曰“坂仓鹤”)结婚。婚礼在东京曲町元园町武者小路实笃家举行，无媒人，出席者仅有武者小路实笃夫妇与勘解由小路资承夫妇……康子是武者小路实笃的表妹，二十五周岁。此前嫁川口武孝，死别，生有一女喜久子。这桩婚事的促成者是武者小路实笃夫妇。康子再婚后，喜久子成为武者小路实笃的养女。志贺直哉的父亲不赞成这桩婚事，父子不和进一步恶化。

本多秋五教授评价道："对志贺来说，这个时期他不为金钱而奔波，但恐怕是他最心寒的时期……这也正是需要窈窕好逑的时期。可以说，他适时地选取了最佳配偶，拯救了自己。"婚后，志贺自立门户，主动放弃了巨富家资继承权。志贺认定发自心魂的恋爱，比冷冰冰的物质更重要，宁肯抛弃家产，也要跟年轻寡妇康子结为伉俪。志贺拒绝过由媒人介绍的、但他没看中的许多门当户对的名门闺秀，却与年轻寡妇情投意合，这桩婚事令其父十分不悦，却令志贺感到终身无悔无憾。风风雨雨几十年后，志贺在《好老婆》（1952）中写道："我不相信有来世，假设真有来世，我又必须结婚，那么，最适当的女人，就还是我现在这个老婆。"事实证明，志贺按照自我意识，选择性格柔和、通情达理的康子为伴侣，是正确选择，也是志贺家庭和睦幸福之源。

历史小说《赤西蛎太》高超地描写了江户时代武士的严肃使命感、正义感与人性葛藤，歌颂了主人公赤西蛎太心灵朴善之美。赤西蛎太非常尊重女子的内心世界，为完成武士使命，巧诈的银鲛鳟次郎设计让拙诚的丑男赤西蛎太给美女小江写一封情深意挚的情书，制造男女失衡传为笑柄的恋爱事件，作为赤西蛎太逃走复命的理由。“玩弄对方的心灵”这种惨事，为人正直的赤西蛎太极不愿做，他认为做这种事太违背人道。但为了大义，他迫不得已而为之。孰料丑男赤西蛎太的正直人格与美善心灵竟然强烈打动了小江的芳心，恋爱之计弄假成真，迫使赤西蛎太以恋情为手段再设一计，才终于逃走了。《赤西蛎太》中由善良人品与真纯人性酿就的恋爱，感人至深，赤西蛎太的性格即志贺的性格。志贺认为人往往因所谓“正当目的”这一名义，失去了理性、人性与感情，导致恋爱悲剧的发生。

《荒绢》的创作缘起是正在柏林高等音乐学校留学的作曲家山田耕筰（1886—1965）希望志贺能写一部歌剧的剧本。于是志贺从丸善书店买来歌剧剧本《参孙与大利拉》，了解歌剧结构，写出《荒绢》，揭示“爱之深，妒之烈”、令人毛骨悚然的恋爱恐怖。《雨蛙》是志贺以“近似福楼拜的劲头”写出的力作。《雨蛙》与《暗夜行路》存在神韵关联。二者都着重写妻子的“性过失”，展示作者的“性伦理观”。《暗夜行路》里母亲与妻子的性过失令谦作吃尽了苦头。志贺于《创作余谈》中解释道:《雨蛙》中的“性伦理观”与《暗夜行路》截然相反，“主人公赞次郎因妻子阿关不贞，心情却变得更加关爱妻子了”，从而流露出仁厚大度的“宽恕”意识。

据生井知子博士观点,《寒冬的大街》与有岛武郎胞妹有岛爱子（1880—1970）的恋爱事件相关。爱子与有岛武郎的好友增田英一（1878—1958）心心相印，如胶似漆。但这一对恋人被爱子的父母残酷拆散了。增田英一失恋，怅然赴美留学。志贺根据这一场恋爱悲剧，叠加虚构，写出《寒冬的大街》，阿薰原型是爱子，岸本的原型即增田英一。《寒冬的大街》写出了恋爱中的痛苦和难以忍受的烦恼。增田英一直到一九一六年四月二日，才与毕业于东京音乐学校当女子学校教师的信子结婚。而信子的形象颇似爱子。

此外，志贺还写出“为了文学的恋爱”系列小说。一九二三年三月二日，志贺离别我孙子回东京，八日移居京都市粟田口，同年十月二十六日，移居京都府宇治郡（京都市郊外）山科村。此间，创作激情趋衰的志贺，出于文学动机，为激活自己平板凡庸的生活与精神状态，即出于所谓“为了文学的恋爱”这一目的，与祇园茶馆的年轻女招待发生了难舍难分的“婚外恋”，惹起家庭风波。但若客观地仅从文学视角讲，这场婚外恋确实令志贺尽如所期，他因此涌出新鲜激情，从“恋爱感情”中找到了生命活泉。他如将婚外恋升华为经典艺术的瓦格纳与北原白秋一样，驾驭生命驱策力，写出了富有志贺特色的系列小说——《琐事》《山科的记忆》《痴情》《晚秋》，被文坛界定为“《山科的记忆》系列小说”。将婚外恋升华为文学作品，在志贺仅有这一次。因此，评论界认定志贺创作的这一系列小说，是其文学生涯中“第三次喷火”。《山科的记忆》系列小说贯穿着志贺的自我至上精神，“他”始终站在利己主义立场上，将“恋爱”作为自己心灵中“自然”的感情置于优先位置，当志贺在感情方面能自然地接受现实时，最后才自然地与情人分手了。日本国立冈山大学小坂晋教授指出：

“《山科的记忆》也是这样，志贺文学描写的是强者打败弱者后强者的寂寞……志贺文学是作者站在强者立场上创作的强者文学。”此说见地醒豁，是中肯之论。

《山科的记忆》系列小说，某种程度上是作者创作欲“未完全的燃烧”，因而促使志贺之后又写出在其文学生涯中少见的“思想小说”《邦子》。此作透彻揭示了作者关于艺术生活、家庭和恋爱方面的思索。《邦子》的虚构处颇多，但某些素材来自《山科的记忆》系列小说记述的“婚外恋”事实。《邦子》里的主人公剧作家与出身贫寒的邦子结婚，在身份与教养方面，二人相差何啻云泥，这是导致悲剧结局的原因之一。邦子自幼贫寒，饱经物质生活的磨难，她只期望有个衣食暖饱平稳无波的家，她认为唯有看得见摸得着的物质才是顶重要的东西。这合乎邦子的价值观，她并无过错。剧作家则不然，他出身优越，受过良好教育，衣食无忧，他活在精神天地里，认为实实在在的物质有时是虚的，空空如也的精神却往往是实的，生命不能没有自由的家园。他将戏剧创作视为自己新鲜生命的活动。可是婚后若干年里，人到中年的剧作家被困在家庭小圈内，过着无波无澜空寞无聊的生活，他的艺术创作失去活力，作品毫无新意。他创作的女主人公概念化、形式化，千人一面，都是自己唯一熟知的女人——邦子的面孔。艺术大忌是雷同平板无个性。剧作家为了打破单调呆板的生活现状以激活创作，与女伶浅间雪子发生了激情荡漾的婚外恋。结果果然强烈激活了剧作家的创作灵感，沉睡心底的艺术冲动再度活跃起来，他对女性世界有了空前深广的体验，开始忘我地投入充满活力的创作。

然而剧作家的婚外恋严重伤害了看重平静家庭生活的邦子，夫妇间风波骤起。加之剧作家走火入魔般进行创作，冷落了邦子，令邦子烦恼至极。她忍受不了由空落孤独和教养低下构成的自卑感之折磨，终于自寻短见。日本大学教授宫城音弥从心理学角度，将自杀分为三种类型：一、“观念型自杀”；二、“感情型自杀”；三、“意志型自杀”。邦子属于“感情型自杀”，即“自我评价低下现象”导致的自杀。她因婚姻失败而失去了对人生的自信，自我感觉低下，自认活得不再有价值。剧作家认为邦子自杀是一件惨事憾事，但又觉得这是无可奈何的事，他认为自己是以文笔为业的剧作家，不能一味非难自己的愚蠢，不能永远为悔恨所包围。剧作家以如此自我意识为良药，治疗自己的精神创伤。《邦子》肯定婚外恋对文学艺术确有积极意义，与此同时，也揭示了婚外恋对平静家庭的残酷破坏力。

六　志贺直哉与外国文学

志贺是一个受外国作家影响较深的作家，其文学生涯起点与安徒生相关。志贺于《续创作余谈》中写道：

> 从已问世的作品看，《去网走》是我的处女作，但在其之前，有作品《某晨》，这篇作品是最早多少成型的东西，我常将这篇小说举为处女作。《某晨》之后，写的东西总的说来像小说了。《某晨》可称为处女作，但进一步穷源溯流，在学习院高等科期间，我独

登上总[1]的鹿野山，写出的《菜花与小姑娘》（1904），在另一种意义上，或许可称为我的处女作。当时我爱读安徒生作品，受安徒生影响，写了这篇作品，它极富儿童般的甜美天真，写完放置了十几年。

志贺有浓郁的田园情结，喜爱恬静的自然风光。他时常孑然一身去攀登悄寂的鹿野山，接受大自然的熏陶，获得灵感，写出了《菜花与小姑娘》。志贺在这篇小说里没有浓墨重彩地描写小姑娘的幸福感，而是通过着意细写菜花被移植于自家菜花田里，回归同伴中，解除孤独感，健康成长，暗示善良小姑娘的精神欣慰。这是志贺文学的“向日性”得到充分发挥的作品。

志贺受到莎士比亚的影响，但对莎士比亚作品并不盲目崇拜，《克劳狄斯日记》即为力证。志贺阅《哈姆雷特》，觉得无客观证据有力证明克劳狄斯确实杀害了兄长，如此想法成为他写《克劳狄斯

① 古代东海道十五国之一，位于今千叶县中部。

日记》的动机。志贺在患神经衰弱症的时候，靠离奇想象，创作了《克劳狄斯日记》，克劳狄斯与哈姆雷特的身上都不同程度地有志贺的影子。宫越勉教授认为，从"犯罪小说"视角审视《克劳狄斯日记》，值得注意的是，克劳狄斯要杀兄长，是在他想象的世界里进行的。而志贺写出扩大了的想象力之恐怖。泷藤满义先生指出：可以这样解释，《克劳狄斯日记》中的"哈姆雷特与克劳狄斯的关系，相当于志贺与父亲的紧张关系"。志贺善于从被人们疏略的地方，发现人们意想不到的人性真实，展示给受众看。《克劳狄斯日记》尤其给人以这种感觉。

志贺在武者小路实笃引导下，津津有味地阅读了托尔斯泰作品。受托尔斯泰追求道德完善等思想影响，感觉敏锐的志贺认识到从事文学事业是发展自我的一种行为。志贺初期创作中极具代表性的成名作，首推青春小说《大津顺吉》。此作中作者回溯五年前的往事，素材源于大学时代暑假期间他与女仆的恋爱。《大津顺吉》写志贺的直接体验，是描写手法细腻入微的传记式私小说，构思方面以"自我省察"取胜，重在展露他的恋爱观和婚姻观。

身为基督徒的主人公顺吉，冲破上流社会贵公子身份的束缚，爱上女仆千代，二人做了事实夫妻。基督教认为，“不为周围所承认的夫妇关系，是犯罪行为”。因此，基督徒顺吉下定决心，要尽快与千代结为法定夫妻。然而顺吉的要求遭到父亲、继母和祖母的反对。父亲暗中策划，将千代逐出家门，令顺吉怒火满怀[①]。《大津顺吉》是“破戒之书”，因破戒而令顺吉惴惴不安。这里不难看到作品受《复活》的道德观影响的痕迹。《复活》表现的那种自谴赎罪的宗教伦理观，浸入顺吉的灵魂深处。志贺于短篇小说《过去》（1926）中追忆自己与千代恋爱的结局：“既然我与千代已成为事实夫妻，我就应对千代的一生负责。这种想法来自聂赫留朵夫[②]的语言。如果我抛弃了千代，按照基督教的教义，我就犯了奸淫罪了，这是令我讨厌的事，因而让我感到可怕。”

---

① 1907年8月22日，志贺与千代订下婚约，29日千代被解雇。失意的志贺曾想离家去养鸡，过自食其力的生活。他多次去千代的老家千叶县小见川看望千代，并资助千代进了学堂。

② 《复活》中的男主人公。

《佐佐木的故事》也是受到《复活》影响的代表作。据《佐佐木的故事》的情节与佐佐木的道德反省的心理轨迹看，其神髓很大程度上相当于《复活》的翻版。芥川龙之介围绕志贺与托尔斯泰在文学描写技巧方面进行比较后认定："志贺直哉是一个不依赖空想的现实主义者。而且其现实主义的细密度，毫不落后于前人。专论这一点，我可以毫不夸张地说，志贺直哉比托尔斯泰还要细致入微。这一特点有时又将志贺直哉的作品归于平淡。但关注细致描写这一特点的人，对此类作品会感到满足。"志贺对基督教始信终弃，对托尔斯泰文学观的认识也随之发生了变化。但在培育志贺人生观以及探索志贺文学发展轨迹方面，托尔斯泰的影响是不容忽略的要素。

七　志贺直哉的"山阴情结"

志贺自幼生活在人头攒动的繁华都市，但他生性好静，讨厌沸反盈天的东京，对浪费宝贵光阴的庸俗人际交往兴味索然。所以，志贺一生中很多时候都选东京以外的恬静地方市镇居住。志贺酷好旅行，并以此获取文学素材。《雪日》《篝火》《赤城山某日》《丰年虫》《雪地远足》等，都表现了志贺闲云野鹤般的生活态度，写出了日本特色的风俗民情。

日本海之湄的鸟取、岛根两县与山口县一部，以及兵库县与京都府濒临日本海的地方，位于"中国山脉"[①]之北，称"山阴地方"，简称"山阴"。山阴四季多雨雪，界定山阴气候特点，有著名日谚："弁当を忘れても、傘を忘れるな。"（能忘记带盒饭，也不可忘记带雨伞。）日本海畔的山阴，环境恬静，民风古朴，优质温泉星罗棋布，飘荡着《万叶集》描绘的淳厚风情，是日本人易萌文化乡愁的桃源，因而成为志贺十分向往的好地方。志贺有坐骨神经痛痼疾，山阴温泉对此颇有疗效。综上原因，

① 日本古代以畿内为中心，按距离划为近国、中国、远国。九州是"远国"，本州西部称"中国"或"中国地方"（含冈山、广岛、山口、岛根、鸟取五县）。"中国山脉"纵贯中国地方，将中国地方分为山阴与山阳。

志贺频赴山阴，担风袖月，享受灵肉自由，且以山阴为舞台，写出若干篇作品，如《在城崎》《护城河畔的住宅》《柏拉图式恋爱》《鸟取》《暗夜行路》等。

心境小说《在城崎》通过孤独的主人公观察蜂子、老鼠与蝾螈的死，流露出作者具有东方特色的清澄的佛教悟道意识，展示出志贺的生死哲思与“调和”的心境。城崎体验令志贺的人生观获得神妙开悟，为此后他与父亲的和解铺垫下精神基础。东京大学安藤宏教授认为：“《在城崎》是广为人知的志贺代表作，一发表就博得很高评价……归根结底，《在城崎》化为一股推动力，将‘志贺直哉’大名推上神话的地位。”

心境小说《护城河畔的住宅》，是志贺“动物描写”的典范。主人公“我”暂栖“日本的威尼斯”——山阴松江，靠细密观察和敏锐感觉，以自身为坐标，活用拟人化手法，描写公鸡母鸡与雏鸡，赞美鸡互相之间本能的、自然的、和谐美好的道德关系。关于母鸡之死、雏鸡无依的悲剧以及野猫被处死的可怖命运，写得生动逼真，惹人同情。作者将心境浸入对象内，认为自己作为拱手旁观者，面对惨剧无可奈何，态度冷酷，但这是“神的冷酷”，人非神，却要忍受“神的冷酷”，此即“不可抗拒的命运”。关于“命运”与白桦派的关系，学者认为：“在白桦派，唯有‘命运’，是封闭一切人生矛盾的护身符，到达这一地步后，‘命运’是令一切‘罪过’销声匿迹的洞穴。”《护城河畔的住宅》在思想方面，突出表现了志贺肯定个人主义的合理性。志贺写这篇作品时，白桦派已解体二载，无产阶级文学运动方兴未艾。本多秋五教授评价道：“我认为，《护城河畔的住宅》是志贺有意识加入阶级斗争要素著就的。作者那种局外旁观者的立场，对昭和时代（1926—1989）的文学家来说，是很难采取的。”志贺缺乏社会学的深层学识，对阶级论略知一二，无甚真知灼见。所以，他只好当局外人，旁观阶级斗争，并承认合理的个人主义，以个人主义善恶观调和自己的审美意识，他的立场极限，就是不同“恶”合污，隐遁起来，甘做旁观者，独善其身。难怪学者做出如是评价：“志贺直哉的艺术，是个人主义艺术的典型。”

《柏拉图式恋爱》写主人公于山阴暴风雪天气里，于温泉旅馆回忆自己在东京曾与艺伎登喜子之间浪漫的“柏拉图式恋爱”。作品结尾关于山阴雪景的简洁描写，实甚美绝。《鸟取》写出主人公悠悠自适，临机应变，独往独来的自由轻松之美。

广津和郎以犀利透彻的鉴赏眼力，剖析志贺小说的骨骼与神髓，其《志贺直哉论》，奠定了日本文坛评论志贺小说的基础。《志贺直哉论》认定志贺小说基调是：一、理智敏锐，热爱正义；二、对非正义事物具有本能式的嗅觉；三、不因廉价眼泪而模糊自己观察现实的双眼，他目光犀利，能从哲理视角看透人生本质。芥川龙之介在《文艺的，过于文艺的》中对志贺作如是观：

> 志贺直哉是我们当中最纯粹的作家，或者说是最纯粹的作家中的一员……志贺直哉的作品首先是活出精彩人生的作家之作品……所谓活出人生的精彩，首先该是像神那样活着吧？也许志贺直哉不像地上的神那样活着。但至少他确实活得清洁。（这是第二个美德）当然，我

说的“清洁”，并非意指一个劲儿用肥皂洗，而是指“道德上的清洁”。这样一来，志贺的作品或许显得内容狭窄，实则非也，反倒很广阔。为何说很广阔？因为我们的精神生活被附加道德属性之后，必然要比未被附加之时广阔得多。

从深层意义上讲，志贺小说之基调拒绝灰暗，是探究人生幸福的文学，给人以希望。譬如《一个男人·姐姐的辞世》结尾写道：“哥哥现在究竟在什么地方？过着什么样的生活？有关这一切，我一无所知。然而我相信，哥哥不会过着毫无意义的生活。”

志贺为文不为稻粱谋，笔耕一丝不苟，不草率从事创作，不粗制滥造，甚厌作品以量取胜，认为作品宁缺毋滥。他兴来则写，兴去则止，绝不硬写。志贺是超群拔类且不写谎言的作家。一人之心，千万人之心，以故，志贺诚实地写自己，也就等于诚实地写出了许多人真实的内心世界，表达了许多人不吐不快的心声。志贺有正义感，拒绝写歌颂日本军国主义的作品。他那为人为文拒绝口是心非的诚实精神，以及真实正派的独立人格、独立文格与人生态度，令许多人心折首肯，尊称他是“真情生，方命笔”的“小说之神”。中国作家铭记日本军国主义侵华时期反对战争的正义文豪志贺，一九五五年十二月一日，郭沫若率领中国科学代表团访日，七日上午，“郭沫若在帝国饭店会见了日本著名作家志贺直哉和广津和郎”[1]。

笔者当年就读大连外院日语系，阅志贺的《在城崎》《灰色的月亮》《牵牛花》，读有岛武郎的《生出的烦恼》，欣赏武者小路实笃的《友情》，深受感动，开始关注白桦派文学。在校期间，有缘结识了莅临大连旅游的“日中友好尾道三女士”——松木女士、城女士、吉田女士。三女士是广岛县日中友协会员，住在志贺《清兵卫与葫芦》等作品的舞台——尾道市。三女士情系志贺，喜爱中国。笔者毕业后，三女士立刻慷慨解囊，热情邀笔者负笈东瀛，来到濑户内海，就读于国立冈山大学研究生院，研究白桦派文学。“德业文章，斗重山齐”的两位恩师——赤羽学教授与小坂晋教授，喜引后进，

① 刘德有：《随郭沫若战后访日——回忆与纪实》，辽宁人民出版社，1988年9月版，第373页。

传道解惑，呕心沥血指导笔者完成了日本国际交流基金研究课题、51万字学术专著《日本白桦派与中国作家》。

笔者攻读日本文学硕士学位与博士学位的岁月里，以及担任日本国际交流基金特聘学者时期，与殚见洽闻的山田君交好。山田君热心于日中友好，知笔者研究志贺，遂自告奋勇当向导，联袂考察了这部小说集涉及的许多舞台，例如鄂霍次克海畔的北海道网走、北上川旁的宫城县石卷市、东京、镰仓、箱根、大阪、城崎、信州、诹访湖、真鹤、京都、山科、奈良、尾道、小豆岛、屋岛、我孙子、赤城山等地。如此考察过程中，笔者不仅搜集到丰富宝贵的第一手资料，大开眼界，还尽享了友爱的幸福。吃水不忘打井人，在此，笔者谨向助人为乐的“日中友好尾道三女士”、资深望重诲人不倦的恩师赤羽学教授与小坂晋教授，以及心心相印的兰交山田君，一并致以由衷的谢忱。

刘立善

2022年5月21日，写于沈阳河溆“白桦书屋”